BALADA DE AMOR AO VENTO

PAULINA CHIZIANE

Balada de amor ao vento

8ª reimpressão

COMPANHIA DAS LETRAS

A editora manteve a grafia vigente em Moçambique, observando as regras do Acordo Ortográfico da Língua Portuguesa de 1990.

Capa e imagem
Angelo Abu

Preparação
Fernanda Alvares

Revisão
Carmen T. S. Costa
Gabriele Fernandes

Os personagens e as situações desta obra são reais apenas no universo da ficção; não se referem a pessoas e fatos concretos, e não emitem opinião sobre eles.

Dados Internacionais de Catalogação na Publicação (CIP)
(Câmara Brasileira do Livro, SP, Brasil)

Chiziane, Paulina
Balada de amor ao vento / Paulina Chiziane. — 1ª ed. — São Paulo : Companhia das Letras, 2022.

ISBN 978-65-5921-155-5

1. Ficção moçambicana (Português) I. Título.

22-128530 CDD-M869.3

Índice para catálogo sistemático:
1. Ficção: Literatura moçambicana em português M869.3

Cibele Maria Dias – Bibliotecária – CRB-8/9427

EDITORA SCHWARCZ S.A.
Rua Bandeira Paulista, 702, cj. 32
04532-002 — São Paulo — SP
Telefone: (11) 3707-3500
www.companhiadasletras.com.br
www.blogdacompanhia.com.br
facebook.com/companhiadasletras
instagram.com/companhiadasletras
twitter.com/cialetras

Aos meus filhos Domingos e Maria Salomé
À memória de Fernando Chiziane
À Madalena Backstrom

AMOR
És o tear
em que fabrico a vida…
Leite Vasconcelos

1.

Tenho saudades do meu Save, das águas azul-esverdeadas do seu rio. Tenho saudades do verde canavial balançando ao vento, dos campos de mil cores em harmonia, das mangueiras, dos cajueiros e palmares sem fim. Quem me dera voltar aos matagais da minha infância, galgar as árvores centenárias como os galas-galas e comer frutas silvestres na frescura e liberdade da planície verde. Estou envelhecida e sinto a aproximação do fim da minha jornada mas, cada dia que passa, o peito queima como vela acesa no mês de Maria, o passado desfila como um rosário de recordações que já nem são recordações, mas sim vivências que se repetem no momento em que fecho os olhos transpondo a barreira do tempo.

Foi em Mambone, saudosa terra residente nas margens do rio Save, que aprendi a amar a vida e os homens.

Foi por esse amor que me perdi, para encontrar-me aqui, nesta Mafalala de casas tristes, paraíso de miséria, onde as pessoas defecam em baldes mesmo à vista de toda a gente e as moscas vivem em fausto na felicidade da terra de promissão. Terei eu amado algum dia? É verdade que o amor existe? Nada sei sobre a verdade do amor, mas há uma coisa que me aconteceu, digo-vos. Aquilo foi uma espécie de feitiço, mistério, loucura, isso é que foi.

Tenho uma filha crescida que ainda estuda embora já tenha estudado muito. Um dia disse-me que a Terra é redonda. Por fora é toda verde e lá no fundo tem um centro vermelho. Como o melão. Que a terra é a mãe da natureza e tudo suporta para parir a vida. Como a mulher. Os golpes da vida a mulher suporta no silêncio da terra. Na amargura suave segrega um líquido triste e viscoso como o melão. Quem já viajou no mundo da mulher? Quem ainda não foi, que vá. Basta dar um golpe profundo, profundo, que do centro vermelho explodirá um fogo mesmo igual à erupção de um vulcão.

Mas que ideias tristes me assolam hoje; estou apenas em delírio, não me levem a mal. Estou simplesmente recordando, recordando. Estou dispersa: uma parte de mim ficou no Save, outra está aqui nesta Mafalala suja e triste, outra paira no ar, aguardando surpresas que a vida me reserva. Para que recordar o passado se o presente está presente e o futuro é uma esperança? Espero que me acreditem, mas o passado é que faz o presente, e o presente o futuro. O passado persegue-nos e vive connosco cada presente. Eu tenho um passado, esta história que quero contar.

Será uma história interessante? Tenho as minhas dúvidas, pois afinal não é nada de novo. Há muitas mulheres que vivem assim. Deliro. A vida revolveu o centro do meu mundo. Meu rosto choroso é viscoso como o melão. Estou em explosão furiosa tão igual à erupção de um vulcão.

Tudo começa no dia mais bonito do mundo, beleza característica do dia da descoberta do primeiro amor. Todos os animais trajavam-se de fartura, a terra era demasiado generosa. Na aldeia realizava-se a festa de circuncisão dos meninos já tornados homens. Jovens dos lugares mais remotos estavam presentes, pois não há nada melhor que uma festa para a diversão, exibição e pesca de namoricos. Eu estava bonita com a minha blusinha cor de limão, capulana mesmo a condizer, enfeitadinha com colares de marfim e missangas. Coloquei-me na rede para ser pescada, e por que não? Já era mulherzinha e tinha cumprido com todos os rituais.

As mulheres atarefadas giravam para cá e para lá no preparo do grande banquete. O aroma das carnes excitava o olfato, fazendo crescer rios de saliva em todas as bocas, desafiando os estômagos, e até as gengivas desdentadas já imaginavam um naco de carne, gordinho, tenrinho e sem ossos, empurrado com toda a arte por uma golada de aguardente. Os homens davam a mão aqui e ali, enquanto os outros preparavam esplanadas nas sombras dos cajueiros.

Os tambores rufaram ao sinal do velho Mwalo, erguendo-se cânticos e aclamações. A porta da palhota abriu-se deixando sair cerca de vinte rapazes com aspeto pálido e doentio, provocado pelas duras provas dos ritos de iniciação.

Os rapazes já tornados homens passavam entre alas como heróis. As velhotas aclamavam espalhando flores, dinheiro e grãos de milho que as galinhas se apressavam a debicar. Eu assistia ao espetáculo maravilhada quando descobri entre os rapazes um novo rosto.

— Quem será? Rindau, conheces aquele ali?

— É o filho do Rungo, o que vive no colégio dos padres.

— Ah!

Dissiparam-se-me as dúvidas. Era mesmo daquele rapaz que os velhotes falavam ontem à noite e eu, curiosa, ouvi tudo. Se eles descobrirem que escutei vão castigar-me à larga, pois em coisas de homens as mulheres não se podem meter. Disseram que ele foi distinto e comportou-se lindamente mesmo nas provas mais difíceis.

Aquela imagem maravilhou-me. Mesmo à primeira vista, o meu coração virgem estremeceu. Fiquei hipnotizada, com os olhos perseguindo os passos daquele desconhecido. Uma voz quebrou-me o encanto.

— Sarnau, Rindau, que fazem aí sentadas, suas velhas?

Retribuí à Eni um olhar aborrecido, respondendo de maus modos:

— É proibido ficar sentada?

— Wê, Sarnau, chocar ovos é para galinha chocadeira. Tira o rabo daí, tenho um segredo para ti.

— Não me levanto. Estou a chocar ovos de pata. Vomita lá esse segredo e desaparece.

Já sabia do que se tratava. Não sei quem convenceu o Khelu de que é um grande macho, mas ele quer namoriscar toda a gente. Eni ajoelhou-se, segurou o meu pescoço com as duas mãos, encostou os lábios aos meus ouvidos e segredou. Gritei bem alto para que ela desaparecesse dali. Eni levantou voo e pude finalmente contemplar o meu encanto, mas só por pouco tempo. Logo a seguir um bando de raparigas fez-me saltar do chão, arrastando-me até às traseiras da casa.

— Sarnau, hoje é o dia de arranjar namorados. Em vez de estar ali a chocalhar, ponha-te à vista, ginga, rebola, para as moscas perseguirem as tuas curvas, menina. Olha, eu já arranjei um namorado, e que janota, amiga!

— Os meus parabéns, então.

— E tu, o que esperas? Aposto que estavas a olhar para esse ranhoso filho do Rungo. Como se chama? Ah, é o Mwando. Pois digo-te, menina, estás a perder tempo, aquele está a estudar para padre.

Fiquei furiosa. A Eni fora ao encontro dos meus pensamentos e ferira-me a forma como se referira àquele jovem tão distinto. Coloquei as mãos nas ancas e vomitei todo um palavreado provocador, na intenção de aborrecer a minha adversária, enquanto esta, de olhar trocista, limitava-se apenas a murmurar:

— Wê, Sarnau, não vale a pena tanta fanfarra. Hoje é dia de festa e não estou para guerrinhas. Tenho um vestido novo que não me apetece machucar.

A malta incitava-nos para a luta, mas ao ver que o espetáculo estava perdido, pois a Eni não se desfazia, todos se viraram contra mim. Todo o bando me rodeou e troçou.

— Mas vocês ainda não viram? A Sarnau é pau de carapau. Nem curva no peito, nem curva no rabo, é estaca de eucalipto, mulher é que não, wâ, wâ, wâ!

Fiquei zangada. Finalmente os marotos deixaram-me em paz e pude à vontade contemplar o meu ídolo e preparar planos de abordagem. Aquele Mwando interessava-me, sim senhor.

Aproximei-me dele, falei com doçura e, com muita indiferença, respondia às minhas perguntas. Frustradas as minhas tentativas, regressei a casa, entristecida.

Pela primeira vez o sono custou-me a vir. Minha mente deliciava-se com a imagem que acabava de descobrir. Aquele olhar distante, penetrante, aquela voz serena... e rosto sisudo! Bonito não era, comparado com o Khelu, esse zaragateiro, namoradeiro, sempre pronto a provocar qualquer escaramuça e esmurrar toda a gente. O Mwando é um rapaz diferente, fala bem, conversa bem e tem cá umas maneiras!... Estaria eu apaixonada? Ri-me e revirei-me na esteira. Achava graça àquilo tudo, pois nunca antes me tinha acontecido. Adormeci sorrindo.

Nos dias seguintes procurei Mwando. Emboscava todas as ruas por onde pudesse passar. Comecei a ir para a igreja só para vê-lo. As poucas vezes que o consegui encontrar, falou comigo sempre com a mesma indiferença. Preparei outro plano mais perfeito que pus logo em prática.

Num belo domingo, vesti-me com todo o esmero, enfeitei-me bem e parti para o ataque. Entrei na igreja com toda a solenidade, sentei-me à frente para que ele me visse bem, pois estava bonitinha só para ele. O padre disse tanta coisa que não entendia. O coro apresentou uma canção bonita e, de todas as vozes, só ouvia o Mwando. Depois o padre disse ámen, levantei-me pronta para o combate. Ou hoje, ou nunca, dizia de mim para mim.

Arrastei o Mwando num passeio até as margens do rio Save. Falámos de muitas coisinhas. Ele falava dos seus planos do futuro, pois queria ser padre, pregar o Evangelho, batizar, cristianizar. Adeus meus planos, meu tempo perdido, ai de mim, o rapaz não quer nada comigo, só pensa em ser padre. As águas corriam tranquilas, os peixinhos banhavam-se, os canaviais assobiavam embalando a minha tristeza. Sentia a cabeça transtornada e fiquei algum tempo sem conseguir falar.

— Sentes-te mal, Sarnau?

— Sim, um pouco maldisposta.

Deixei que ele me acarinhasse e, a pouco e pouco, aproximei-me dele, encostando a cabeça no seu ombro sem que ele se apercebesse da manobra.

— E tu, Sarnau, quais são os teus planos?

— Meus planos? Nenhuns. Estou apaixonada por um rapaz que não me quer.

— Não é possível. Mas qual é o homem capaz de desprezar uma rapariga tão bela e tão boa?

— E tu eras capaz de gostar de mim, Mwando?

— És maravilhosa. És a única pessoa na aldeia que me trata com respeito. Todas as moças desprezam-me por viver no colégio. Eu gosto de ti, Sarnau.

— E por que não me dizias?

— Tenho medo. O padre pode censurar-me.

— Medo de quê? O padre nada tem a ver com isso. De resto já fomos todos iniciados e os velhos não se vão aborrecer.

— Tu não sabes, Sarnau, mas o padre!...

— Descansa que ele não saberá de nada.

Emudecemos de repente. As mãos encontraram-se. Veio o abraço tímido. Trocámos odores, trocámos calores. Dentro de nós floresceram os prados. Os pássaros cantaram para nós, os caniços dançaram para nós, o céu e a terra uniram-se ao nosso abraço e empreendemos a primeira viagem celestial nas asas das borboletas.

2.

O insólito acontece na floresta. Todos os seres escutaram os segredos da natureza e estão a operar maravilhas. As corujas cantam ao sol; os gatos pretos miam intensamente à lua cheia. Todas estas vozes unem-se no compasso do vento, que espalha pelo mundo uma mensagem de paz. Os leões e os vitelos, acasalados, rugem e mugem num coro de fraternidade. As hienas e as cabras abraçam-se, perdoam-se, reconciliam-se, as aves vestem plumagens coloridas. A serpente, junto ao ninho, fecha os olhos, discreta, não vá ela interromper os beijos dos pássaros que se amam, crescem e se multiplicam. As ervas e as árvores avolumam-se num verde ímpar, cobrindo-se de flores. Em todo o universo há um momento de reflexão, de paz e confraternização: chegou a época do amor.

Mwando está embasbacado com a descoberta do insólito do mundo. Como o Adão no Paraíso, a voz da serpente sugeriu-lhe a maçã, que lhe arrancou brutalmente a venda de todos mistérios. Sim, escutou os lábios de uma mulher pronunciando em sussurros o seu nome, despertando-o do ventre fecundo da inocência. Mwando nasceu. Sente o coração a bater com força, mesmo à maneira do primeiro amor.

Pela primeira vez colocou-se diante do espelho e este, cúmplice, confirmou a sua presença. Não gostou lá muito da sua apresentação, mas apaixonou-se pelos olhos negros, dormentes, ausentes. Invejou a elegância dos galos e copiou-lhes o porte. Administrou algumas refinações na voz, tornando-a sonante, apaixonada. Endireitou os ombros curvos. Ao andar cego, descompassado, colocou uma suavidade, um ritmo, passando a usar um caminhar altivo, soberano, característico dos vencedores. O vinco dos calções passou a ser bem demarcado, a carapinha penteada mil vezes, os calcanhares, esfregados com pedra-pomes e besuntados com óleo de coco, competiam no brilho com a luz do sol.

Estas modificações não passaram despercebidas aos companheiros do colégio, que lhe espiavam todos os movimentos, acompanhando-o com olhares trocistas que bailavam em todos os olhos.

— Wê, Mwando, parece que o pinto está a sair do ovo.

— Por quê?

— Porque a boca está debaixo do nariz, e ao galo já nasceu a crista.

— Não me incomodem, ouviram?

Mwando tornou-se alvo dos gracejos dos seus companheiros e, por essa razão, decidiu isolar-se, criando o seu próprio mundo. Ao anoitecer, sentava-se sozinho no jardim do colégio, subia até ao universo conquistando-o e todas as estrelas cabiam no centro do seu mundo. Cerrava as pálpebras para sonhar, como o galo que canta de olhos fechados, saboreando com delícia a sua própria voz. Mesmo assim, os colegas perseguiam-no dirigindo-lhe provocações.

— Bravo, Mwando, canta, canta, o galo canta para a galinha cacarejar.

— Mas o que pretendem insinuar? Vamos, digam?!

— Calma, filhote, a cobra deixa sempre rasto por onde passa. Todos nós farejamos, só o velhote é que é cegueta e ainda não desconfia de nada.

— Salomão, se me voltas a falar assim, rebento-te as fuças.

— E aí divulgamos o segredo ao velhote, e depois queremos ver.

— Desapareçam!

Procurou o refúgio do quarto e fechou-se. Estava transtornado. Sentia a sua devoção abalada pela paixão. Não conseguia fugir às tramas da serpente, a Sarnau arrastava-o cada vez mais para o abismo. Mas por que é que Deus não protege os seus filhos mais devotos, e deixa serpentes espalhadas por todo o lado, por quê? "Mas eu quero ser padre", dizia entre lágrimas, "eu quero ser padre, usar batina branca, cristianizar, batizar, mas ela arrasta-me para o abismo, para as trevas, ah, como é bom estar ao lado dela. Se o padre descobrir a minha paixão, expulsa-me do colégio na frescura do entardecer tal como Adão no Paraíso. Mas como Adão não, não vai acontecer. Saberei encontrar um esconderijo neste jardim do Éden e ninguém descobrirá. Espero que esses malditos rapazes não deem à língua. Penso que com eles não haverá problemas pois não costumam ser delatores."

À luz da vela, os olhos perdiam-se no vazio, acabando por convergir sobre o Jesus Cristo de bronze pendurado na parede de cal. Então extasiava-se, pedindo perdão e compreensão do seu dilema ao Cristo de metal.

Não se pode servir a dois senhores, isso ensina a Bíblia. Fechou os olhos e riu contrafeito, ridicularizando-se. Achou graça à sua vida de semanas atrás. Agora sentia-se diferente. Veio-lhe uma inspiração súbita, pegou no papel e no lápis e começou a escrever:

"Teus olhos têm o encanto de um poema divino. Que pena, não saberes ler. Escrever-te-ia uma carta linda, longa. Dedicar-te-ia todas as palavras que ao teu lado não consigo pronunciar quando o teu sorriso estrangula a melodia da minha garganta. Escrever-te-ia um poema de sumo de ananás e batata-doce com aroma de canho. Levar-te-ia nos meus versos a vaguear no universo do sonho transportados na concha do girassol. Sarnau, tu ajudaste-me a nascer, pois se não tivesses começado, nunca teria a coragem de dizer qualquer coisa sobre o meu coração. Semeaste em mim o perfume das acácias. Escuto a música dos galos à distância. Estou no abismo da solidão, no gólgota da distância, o domingo está longe para..."

Não acabou a frase, pois a porta abriu-se de repente e o padre espreitou. Mwando apanhou um valente susto e começou a tremer. Nem teve tempo de ocultar o seu manuscrito.

— Que se passa, meu rapaz?

O padre pegou no papel e leu em voz alta. Mwando molhava-se de lágrimas.

— Com que então, hem! Já entendi tudo, descansa que amanhã ajustaremos contas.

O padre pôs-se de atalaia. Várias vezes ouvira mexericos sobre o comportamento dos rapazes, mas não se deixara dominar pelas línguas de serpente, mas aquela carta, aquela carta! Havia de descobrir a verdade. A cobra deixa rasto por onde passa, diz o povo, não há fumo sem fogo.

Na hora do silêncio, abandonava a cama confortável, enfiava o roupão e o gorro de lã e, em passos felinos, ia espreitar os dormitórios dos rapazes. Primeiro dava voltas pelas janelas para escutar, depois escondia-se no arbusto diante da entrada, aguardando horas a fio. Andou em buscas muitas semanas sem resultado. Voltou à conclusão de que a língua do vulgo não merecia confiança. Ridicularizou-se pelo facto de ter sacrificado o repouso precioso em espionagem vergonhosa, expondo-se às correntes de ar que poderiam criar uma dessas complicações tropicais que nem os melhores médicos podem curar.

Enquanto o padre Ferreira se recriminava, dois seres abraçavam-se no escuro. Tudo teria passado despercebido se não fosse a maldita cama de ferro chiando desesperadamente. Pareciam as dobradiças da janela rangendo ao vento, o padre aproximou-se para fechá-la, e eis que ouve gemidos de mulher. Apurou mais o ouvido e empalideceu: aqueles gemidos eram seus conhecidos.

— Cretino. Agora saberás o que é a fúria de um leão!

O padre encheu o peito de ar, esfregou os punhos e partiu para a batalha. Abriu a porta com um pontapé e, às escuras, conseguiu descobrir um vulto que se escondia por baixo da cama.

— Salomão, hoje apanhei-te. Toda a gente já me falou de ti.

Arremessou um soco furioso contra o rapaz, mas este perdeu-se no ar. O Salomão, assustado, embrulhou-se num lençol, afinou a voz e, com o ar mais inocente deste mundo, perguntou:

— Que se passa, Senhor Padre?

O padre ficou ainda mais furioso. Não permitia que um rapazola a quem civilizara, troçasse dele. Precipitou-se no escuro contra o rapaz que se esquivava e este, mais ágil, pregou uma rasteira e o velho caiu estrondosamente. O rapaz fugiu como o vento no coração da noite.

— Agora, o Mwando!

O velho levantou-se furioso, foi ao quarto deste

que dormia um sono solto e deu-lhe uma sova tão grande até lhe doerem os socos.

Mwando e Salomão foram expulsos do colégio, mas a cozinheira nem sequer foi repreendida e toda a gente sabe por quê.

Mwando não teve outro remédio senão conformar-se. Facilmente se adaptou aos trabalhos dos rapazes da sua idade. Todas as tardes nos encontrávamos no rio, dávamos largos passeios, subíamos às árvores, colhíamos flores, frutos, e tudo para nós era uma verdadeira maravilha. Um dia trepámos até ao cimo da figueira.

— Sarnau, diz se a terra não é bela vista por estas alturas.

— Vejo tudo maravilhoso. Tudo é belo quando as pessoas se amam.

— Diz se não é maravilhosa a beleza dos campos; aquele verde é a machamba de arroz ainda pequenino. O verde-amarelo é o arroz pronto para colher. Vê aquele mar verde com os braços do milheiral movendo-se assim, às ondas, como serpentes. Vês ali, mais ao fundo? Um manto verde com muitos verdes. É a machamba de mandioca, amendoim, gergelim.

— Sim, Mwando, tudo em nós é verde, verde verdadeiro.

— Olha para ali. O que é?

— Vejo uma palhota.

— Não te parece um cogumelo de capim? E ali?

— Uma casa branca com teto vermelho. É a casa do administrador.

— É antes uma caixinha branca com tampa vermelha. Sim, as árvores e as palhotas parecem cogumelos, as vacas parecem cabritinhos, os cabritos formiguinhas, e as formigas insignificantes. O barco à vela é uma borboleta no horizonte. É fácil compreender por que é que tudo é belo nos olhos de Deus. Ele vê do alto, e tudo é belo visto pelas alturas. Os braços do Save são bonitos com os seus dedos gigantescos, e parecem árvores com muitos ramos. O tronco é de um verde-azul, as mãos de verde-matope, e os dedos, matope mesmo. A folhagem é toda verde, verde verdadeiro.

Descemos à raiz da figueira e os campos ofereciam-nos flores. Mwando apanhava-as, depositava nelas um beijo e depois oferecia-mas. Fez uma grinalda amarela, vermelha, branca, com lírios, cardos, buganvílias, e coroou-me rainha dos prados, rainha bela, rainha descalça.

Ó sol, corre mais depressa, desapareça, que a serpente deu-me a maçã. O sol não me escuta, caminha lento como uma vaca pachorrenta. Ó nuvem, tapa daí o sol, que a serpente deu-me a maçã e o Adão está ansioso por trincá-la. A nuvem nem me liga, caminha rápido em direção oposta. Vento, traga-me a nuvem para tapar o sol. O vento está surdo e só faz o que lhe apetece.

Ó sol indiscreto, ó nuvem cretina, ó vento surdo, nenhum de vós me assustai, porque a erva nos protege, a serpente deu-me uma maçã e o Adão vai trincá-la mesmo debaixo do vosso nariz. Ide, ide queixar-vos a

Deus que eu não me importo, as ervas serão nossas confidentes.

A maçã era ainda verde, por isso arrepiante. Trincámos um pouco e não me pareceu muito agradável; senti o doce-amargo das pevides e polpa e, lá do meu fundo, escorreu um fio de sangue, que as águas do Save lavaram.

Mwando deu o primeiro golpe. Os nossos sangues uniram-se. Neste momento os defuntos que estão no fundo do mar festejam, porque eu hoje sou mulher.

— Sarnau, o nosso amor é o mais belo do mundo.

— Sim, mais verde que todos os campos, maior que todas as águas do Save e do oceano.

— É maravilhoso.

— Agora, Mwando, tens que agradecer à minha defunta protetora pelo prazer que acaba de te dar. Oferece-lhe dinheiro, rapé e pano vermelho.

Há muito que Mwando jurou não acreditar em almas do outro mundo, mas naquele momento quebrou o juramento.

— Hei de oferecer cem escudos, muito rapé e pano vermelho. Dar-lhe-ei milho e mapira; dir-lhe-ei que sou o marido dela porque dormi com a sua protegida. Quero pedir-lhe a bênção do nosso amor.

— És maravilhoso, Mwando, por isso amo-te, amo-te, amo-te, mil vezes amo-te.

3.

Mwando ainda não ofereceu nada à minha protetora, mas eu perdoo, ele ainda não arranjou dinheiro, coitado. Ultimamente vemo-nos poucas vezes, ele diz andar metido nos negócios do pai e vai muitas vezes à cidade. Diz que a mãe e as irmãs são muito preguiçosas, e ele muitas vezes tem de cozinhar, lavar a roupa e rachar lenha, mas onde é que já se viu um homem cozinhar com mulheres em casa? Falta muitas vezes aos encontros e, quando vem, tem pouco tempo. Já não quer passear como antigamente, mas eu perdoo, eu gosto dele, ele tem muito trabalho em casa, pois as irmãs são muito preguiçosas. Mas parece que ele me evita. As suas palavras soam a falso e esconde-me sempre os olhos quando justifica a ausência. Sinto que algo de anormal se passa, que tenta enganar-me, mas não, enganar-me é que não, nós amamo-nos, ele prometeu-me e não é homem de meias-palavras. Ah, o meu amor por ele cresce como as ondas do mar. Meu corpo chama por ele, minha alma grita por ele, meu sonho é todo ele, encontro-o em todo o lado, na verdura dos campos, no mugir das vacas, no brilho do sol, no serpentear dos peixes, no aroma das flores, no voo das borboletas, no beijo dos pombos, até mesmo nos odores das bostas. Oh, Mwando, tu vives em mim, eu vivo por ti, Mwando, canta com o vento, aos quatro ventos, ganhaste um coração mundo, pois dentro de mim há um lugar onde só tu habitas. Dentro de mim florescem os campos. Tudo em mim é verde. Eu sou a terra fértil onde um dia lançaste a semente. O sol, a nuvem, o vento, tudo viram. A tua semente tornou-se verde, verde verdadeiro. Na próxima colheita teremos fartura e mostraremos ao mundo como é belo o nosso amor.

— Sarnau, não nos vemos há dois meses, mas isto é por causa do trabalho intenso que tenho tido, não descanso nada, sabes? Já te disse que as minhas irmãs são preguiçosas e eu tenho que fazer todo o trabalho da casa. Fui três vezes à cidade para tratar dos negócios do velho, espero que me compreendas.

— Assim matas-me, eu morro de saudades.

— Eu também tive muitas saudades, mas o trabalho, entendes? Escuta, meu amor, hoje é o dia da nossa despedida. Vou partir para muito longe.

— Para longe? Onde?

— Não sei bem. O velhote é que decidiu. Sei que me amas e que vais sofrer muito, mas tenho um dever a cumprir.

— Vais para a África do Sul? Mas não há problemas. Eu espero-te. Agora mais do que nunca tenho razões para te esperar.

— Quais razões?

— Vamos ter um filho, Mwando. Há quarenta dias que não vejo a lua.

— É interessante. Acho bonito ser pai, mas há uma coisa que não entendo. As raparigas do teu clã só ficam grávidas quando querem.

— Eu quis, Mwando. Desejo loucamente este filho.

— Tu amas-me, e isso tira-te por vezes a razão. Eu agora vou partir para não mais voltar. O que será de ti e da criança? Gostaria de te esclarecer bem o problema, sei que vais ficar perturbada, mas compreende-me, é contra a minha vontade.

— Por que andas com tantos rodeios e não dizes logo o que se passa?

— Está bem, eu digo. Não vou partir para lado nenhum. Vou casar-me brevemente com uma rapariga que os meus pais escolheram para mim.

— Mas isso não é problema — disse entre lágrimas. — Eu aceito ser a segunda mulher, ou terceira, como quiseres. Se tivesses dez mulheres eu seria a décima primeira. Mesmo que tivesses cem, eu seria a centésima primeira. O que eu quero é estar ao teu lado.

— Sarnau, o teu desejo não pode ser realizado. Nunca serás minha mulher, nem segunda, nem terceira, nem centésima primeira. Eu sou cristão e não aceito a poligamia.

— Oh, Mwando!

Uma terrível escuridão precipitou-se dentro de mim. Sumiram-se as entranhas e, do poço enorme que era o meu íntimo, brotaram palavras ocas que a garganta transformou em gritos histéricos. Os cantos dos meus lábios segregando espuma abriram alas para escoar a dor melodiosa e fúnebre, fazendo coro ao coaxar das rãs. Meu coração ribombava trovoadas, relâmpagos dourados rasgavam o céu do cérebro, e a chuva dos olhos precipitava forte, prenunciando o dilúvio do meu ser. Todos os sonhos de amor, num só instante foram destruídos pela força da tempestade. Mergulhada em ondas de sal, celebrei o batismo de fel. Acuda-me, meu Deus. Semeei amor em terras sáfaras e, no lugar de milho, produzi espinhos.

Mwando recolheu-me num abraço do naufrágio diluvial onde me abandonara, aninhou-me no seu peito, coroando-me com beijos sem sal, tem calma, Sarnau, prometo ser bom pai, terás de mim tudo o que quiseres, casar é que não, compreende, Sarnau, é o desejo dos meus pais e de todos os defuntos. Eu debatia-me com todas as forças, quero amor, tenho fome de amor.

Mas quem diria que este romance acabaria num duelo? A lança caiu bem no centro do coração e o vencedor exibe a arma, triunfante. A sua voz vibrava de emoção, conseguiu remover um empecilho e estava livre para prosseguir o seu destino. Não teria ele a sua razão? Cada um de nós segue o seu destino, aquele que há muito foi traçado na palma da sua mão.

— Adeus, Mwando. Que sejas feliz, com aquela felicidade que sempre sonhei para mim.

Regressei à tranquilidade da floresta e a canção da natureza perdia-se no eco dos meus suspiros. Cantei a melodia dos desesperados sobre as cinzas e os escombros dos meus sonhos. Uma cobra espreita-nos e ergue cabeça pronta para o ataque.

— Sarnau, mamba!

Arrancou-me rapidamente do chão, protegendo-me num abraço frenético.

— Escapámos de morte certa. O que significa isto neste preciso momento? Os teus defuntos estão contra mim, mandaram esta cobra para me aniquilar, o que significa isto?

— Bendita seja essa mamba que queria levar-me para o mundo do além onde iria repousar todas as mágoas, e tu arrancaste-me da porta do paraíso.

— Sarnau, sinto muito, eu amo-te, eu...

Não deixei acabar a frase e parti disparada como o vento para o infinito.

O fogo crepitava dançando a música do vento, elevando as labaredas até às alturas. Todos os habitantes do sol recolheram aos seus ninhos confortáveis, eu fiquei sozinha e perdida, deixem-me chorar, chorar. A

Eni pressagiou este fim e disse-me tantas vezes para eu deixar o Mwando, mas como podia eu dizer não à voz do coração? Tudo para mim é desespero: o gargalhar das estrelas, o piar dos mochos, o marulhar das ondas ao luar, a dança do fogo, tudo me entristece.

Gostaria de desaparecer da superfície da terra, mergulhar nas águas profundas do Índico, arrastada pelas minhas mágoas. Eu quero morrer, vou morrer, assim o amor e o ódio jamais perturbarão o meu repouso.

Atirar-me ao mar? Nunca. Subirei ao cimo do imbondeiro e, quando a primeira coruja cantar, atirar-me-ei ao chão, rebentando o coco do meu cérebro. Semear-me-ão em terra negra na melodia dos galos da alvorada, serei regada de lágrimas e germinarei fantasma. Atirar-me do alto também não. Prefiro afundar-me nas águas paradas da lagoa e ser o pasto dos peixes; o meu sangue irá fermentar as profundezas para que as algas cresçam mais bem nutridas.

Quem me dera ser a estrela sonâmbula e vaguear no infinito sem destino em todas as noites de luar. Gostaria de ser um vaga-lume, acender e apagar despreocupada, sobrevoando as copas negras dos cajueiros.

A passo trôpego mergulhei na escuridão da palhota e estendi-me, meia morta, na esteira de palha. As aves da noite embalaram a minha angústia, adormeci tristonha, mergulhando em seguida num sonho delicioso.

Vi-me numa paisagem de vales e montanhas, de árvores majestosas que se acasalavam com trepadeiras de folhas largas. Uma paisagem de amor em que todos os seres se harmonizavam ao sabor da liberdade, onde até as raízes abandonavam os cárceres de areia para balançar ao fresco debaixo dos braços múltiplos das figueiras. As águas dos vales serpenteavam em sincronismo com a suavidade das brisas enquanto os bambus balançavam em contradança. Mwando estava sentado ao meu lado na fertilidade do tapete de relva. A aproximação do seu corpo adolescente levou-me ao mundo das ilusões incontestáveis, à maravilha do sonho e da fantasia. Pronunciava o seu nome pela centésima vez quando acordei bruscamente.

— Sarnau, estás a sonhar alto, isso dá azar.

— Por que interrompeste o meu sonho? Era tão bonito, Rindau.

— O quê?

— Não é nada contigo. Dorme, que te faz bem.

A manhã nasceu ornamentada de sol, com pássaros alegres, vento fresco e borboletas coloridas, tão igual a todas as outras desde os tempos do primeiro sol. Igual a todas as outras, não, porque era a última. O sol era mais dourado, os campos perfumadíssimos, as águas de um azul ímpar e as borboletas mais garridas. Tudo era mais belo, porque último. Minha jornada terminava, a caminhada fora curta e salgada.

Lancei olhares de despedida a todas as coisas, tudo me inspirava para a partida e suspirei: quero levar aos habitantes das trevas a mais bela imagem do reino do sol. Dir-lhes-ei que abandonei o sol para ser o sal, que amo a vida mas prefiro as trevas, o sono e o repouso.

Caminhei nas nuvens, radiante, ondulante, até à beira do lago. Mais uma vez disse adeus a todas as coisas. Mergulhei nas águas paradas que giraram de mansinho à volta dos meus pés e caminhei decidida. O lago subiu-me até aos ombros, até aos maxilares, hesitei uns instantes e refleti rápido: vou, quero morrer, quero ser fantasma para atormentar esse Mwando em todas as noites de lua cheia. O lago subiu-me até às orelhas, adeus tudo, adeus Mambone, adeus Mwando, adeus. Avancei mais, e de repente senti o medo a sufocar-me o peito, gritei, quis voltar atrás, lutei com viva força, mas as águas engoliram-me, e só consegui erguer o braço num gesto de adeus e desespero.

Foi tudo. Do sono mortífero que me envolveu, ouvi vozes distantes que aumentavam de volume. Serão vozes das almas do outro mundo ou dos espíritos das águas? As vozes aproximavam-se e ouvia-as com mais nitidez, mexi os braços e descobri que não estava no lago e o meu corpo jazia por cima da esteira de palha. Num esforço tremendo descerrei as pálpebras e vi-me no interior da palhota rodeada de muitos vultos dos quais só consegui reconhecer a minha mãe. A curandeira, ajoelhada, farejava o meu corpo de ponta a ponta, varrendo suavemente os maus espíritos com a pelugem macia do rabo de hiena.

— Que aconteceu? Onde estou?

— Ias-te afogando e um pescador salvou-te, os bons espíritos protegem-te, benditos sejam todos os defuntos.

Sim, os defuntos rejeitaram-me, ainda não é chegada a minha hora, nunca mais serei fantasma.

Mergulhei na melancolia dos desesperados vogando em ondas viscosas e amargas. A centopeia entrou-me pelos olhos, foi até ao coração, fez um nó na garganta e subiu rapidamente para o cérebro. Sentia as suas cem patinhas a coçarem-me todos os nervos.

— Sarnau, expulsa o nó da centopeia, rebenta a angústia que tens no peito, Sarnau, rebenta o nó.

A curandeira tanto gritou que a sua voz acabou por encravar-se-me no centro do coração. As lágrimas desesperadas da minha mãe fizeram-me voltar à razão, contagiei-me com elas e rompi num choro convulsivo. O nó da centopeia quebrou numa explosão violenta. Senti movimentos estranhos no ventre e as coxas ficaram empapadas de sangue. O meu corpo inerte vibrou com espasmos de dor, estava perdida, ninguém podia fazer nada por mim. A cabeça em remoinho martelava dolorosamente todas as veias.

A fogueira acesa espalhava um fumo purificante que espantava os maus espíritos. A curandeira bateu os ossinhos, falou com os defuntos que vaticinaram o meu destino: morrerei em terras distantes, do outro lado do mar, e nenhum dos presentes acompanhará o meu funeral.

Nada me conseguirá matar. Nem as águas paradas da lagoa, nem as profundezas do Índico, nem o desejo dos feiticeiros, meu Deus, nunca mais serei fantasma. Eu queria tanto ser fantasma!

4.

— Sarnau, minha Sarnau, que destino é o teu, que sorte é a tua, filha do meu ventre? Em Mambone há mulheres mais belas e trabalhadoras do que tu. Por que é que esta sorte caiu sobre ti?

Muitos rostos cobriam o meu. Na palhota circular toda a família me conchegava. As raízes, os troncos e todos os ramos da grande figueira estavam reunidos. Olhos velhos e novos choravam, riam e voltavam a chorar.

— Sarnau, nossa Sarnau, tu vais partir, adeus! Já não ouviremos a voz do teu pilão. Não beberemos mais a água na concha da tua mão. Acabaram-se para nós os sorrisos, o teu cantar alegre e inocente, oh, cruel destino o de uma mulher. Outras bocas beberão da tua fonte. Outros olhos irão odiar o teu sorriso, Sarnau, em breve partirás para a escravatura. Chamar-te-ão preguiçosa, estúpida, feiticeira, conquanto o teu sangue pare felicidade para eles, enquanto o teu coração fermenta de miséria e sofrimento.

O mugir das vacas aproxima-se e oiço de perto o galope das suas patas. Vozes alegres levantam-se, assobiam, aclamam, e um coro agradável rompe. Meu coração estremece e a força da emoção vence. Rompi em soluços. Meus tios e avós tomam os assentos e a avó materna quebra o silêncio numa aclamação rasgada e, em seguida, profere uma oração:

"Alegrai-vos, cantai, espíritos dos Guiamba e Twalufo, que a grande sorte caiu sobre vós. Os antepassados sempre disseram: a mulher é a galinha que se cria para com ela presentear os visitantes. Chegou o momento doloroso. Criámos a Sarnau com amor e sacrifício, os visitantes estão à porta e vêm buscá-la para sempre. Defuntos dos Guiamba e dos Twalufo, a vossa filha é hoje lobolada. O vosso sangue vai hoje pertencer à nobre família dos governantes desta terra. O número de vacas com que é lobolada é tão elevado, coisa que nunca aconteceu desde os tempos dos nossos antepassados. Alegrai-vos, cantai, espíritos da terra e do mar. Recebei as ofertas que nos trazem e abri todos os caminhos da felicidade. Que do ventre da vossa protegida saiam rebentos assim como ela nasceu de nós. Aclamai, abençoai, espíritos da terra e do mar, porque a vossa filha foi escolhida para esposa do filho do rei."

O meu tio era o responsável dos negócios do meu lobolo. Com a devida vénia, levantou a voz e disse.

— Minha filha, ergue-te e vê com os teus olhos a manada com que te lobolam, para que nos dê uma palavra certa e nos faça um juramento sincero.

Levantei-me cambaleante e muitos braços me ampararam. Dei uns passos para fora, minha mãe levantou-me o véu de capulana e eu não quis acreditar. Trinta e seis vacas que ainda não pariram e um cortejo de mais de dez homens adornados com peles de leopardo acompanhavam a manada. Minha mãe voltou a cobrir-me o rosto e retornámos para o interior da palhota.

Hoje sou a mais feliz das mulheres, ah, Mwando, que sorte que tu me deste pois agora serei a esposa do futuro rei desta terra. Deixem-me contar-vos como isto aconteceu. Os defuntos existem, é verdade, os defuntos protegem-nos. A sorte andou à roda e caiu sobre mim. Este lobolo estava destinado à Khedzi, mulher esbelta, de pele clarinha como os homens gostam, desde o nascimento escolhida para esposa natural da família real. Foi educada para ser esposa do futuro rei mas, quando chegou o momento do lobolo, as línguas de serpente puseram a nu todas as suas maldades; ela é feiticeira e herdou este dom da falecida mãe. Tem o sangue infestado pela doença da lepra que vitimou uma tia paterna. É mulher de capulana na mão sempre pronta a abrir-se a qualquer um com quem se deita apenas por um copo de aguardente. E, por fim, disseram que nas mãos não ostentava nenhum sinal de trabalho. A rainha disse logo que não. Semelhante mulher não ocuparia o seu lugar depois de morta. Foi assim que as conselheiras da rainha se viram obrigadas a procurar em todo o território uma mulher que fosse bela, bondosa, trabalhadora, fiel, que não fosse feiticeira. Não imaginam vocês a sensação que esta novidade causou em todas as famílias. Cada mulher jogou a sua sorte. As mães procuraram os melhores curandeiros para tirar os azares e maus-olhados às filhas. Nem calculam a fortuna que os curandeiros fizeram na altura. As conselheiras recebiam subornos; os ndunas cobravam dinheiros. A rainha recebia cada dia mais prendas, as mães apresentavam as filhas e a velhota só dizia não, não e não. Aquela de pernas de cegonha? Não, não serve para mulher do meu filho. A Eni? Sim, é bonita como eu gosto, mas aqueles lábios vermelhos de mulata e rapé fazem a boca tão nojenta que parece o cu do macaco, não, não quero. Todas as raparigas foram vasculhadas e não havia nenhuma que agradasse à rainha. A velhota adoeceu de angústia, pois via a época da colheita a passar, altura que fora escolhida para o casamento do filho. Um dia resolveu dar um passeio, e encontrou-me com o meu pote de água na cabeça.

— Quem és tu, rapariga que eu não reconheço?

— Sou a Sarnau, filha da Rindau.

— Ah, mas que prazer rever-te. Eu vi-te nascer. Gostaria de beber da tua água.

Pousei o pote no chão e dei de beber na concha das minhas mãos. A velha ficou maravilhada pois nunca ninguém lhe dera de beber assim. No dia seguinte as conselheiras da rainha foram solicitar os meus serviços a pedido desta, o que não era novidade pois era esse o seu hábito. Fiquei com ela uma semana a preparar-lhe as papas, a entrançar os cabelos brancos e a massajar as articulações presas de reumatismo. Numa bela manhã a velhota reuniu todas as suas conselheiras para uma reunião magna. Todas aguardavam com olhos e ouvidos a grande nova.

— Já encontrei a mulher mais bela, mais bondosa e trabalhadora, que não é feiticeira. É a Sarnau!...

Todos os olhos ficaram cegos e as gargantas mudas de espanto. Eu tremia e tão cedo não consegui refazer-me da surpresa. Em que é que eu agradava à velha senhora?

E chegado o momento supremo. Os oficiais do rei entram na palhota e tomam os assentos respeitosamente. Levanto um pouco o véu e espreito-os. Vestem a gala dos antepassados. Reconheço a minha cunhada. As crianças cantam lá fora, as vacas mugem furiosas, emociono-me ainda mais. Fazem-se cumprimentos e discursos; dinheiros tilintam. Coloca-se na esteira a cabaça de rapé e o pano vermelho; exibem-se peças de vestuário, pulseiras, colares, meu Deus, isto é uma feira, eu estou à venda. Meu tio tossica para aclarar a voz e fala com solenidade. Minha mãe retira-me o véu.

— Sarnau, eis nos teus olhos o teu preço. Nós sabemos que vales mais do que tudo. O que aqui está não chega para pagar o amor que temos por ti. Lá fora estão trinta e seis vacas que como tu ainda não pariram. Diz em voz alta para todos ouvirmos: aceitas neste momento pertencer à grande família dos Zucula?

— Sim, aceito.

— Agora diz: o que devemos fazer com todas estas coisas?

Não sabia o que dizer. Minha tia veio em meu auxílio, dizendo-me todas as palavras que repeti.

— Meu pai, minha mãe, meus avós e todos os defuntos. Aceitai esta oferta, esta humilhação, que é o testemunho da minha partida. Vou agora pertencer a outra família, mas ficam estas vacas que me substituem. Que estas vacas lobolem mais almas, que aumentem o número da nossa família, que tragam esposas para este lar, de modo a que nunca falte água, nem milho, nem lume.

Minha avó rasgava o silêncio em culunguanes enquanto as minhas mães lavavam o rosto com lágrimas de emoção e os homens permaneciam mudos. Meu tio voltou a falar. Pegou no pano vermelho, entornou o rapé no chão e disse:

— Saudamos-te, Sarnau, mãe de todo o rebanho dos Twalufo. Foste a primeira filha do ventre da tua mãe. És tu a mãe do Rungo, Rungo pai do Tinga. Morreste com desejo de renascer do rebanho do Tinga, teu neto mais querido. Tinga mostrou ao mundo a primeira sorte onde te encarnaste, avó Sarnau, és a mesma que hoje é lobolada. No passado compraram-te apenas com uma peneira de feijão. Hoje, renascida, lobolam-te com tantas vacas e dinheiro vermelho. Avó Sarnau, eis aqui o teu rapé e o pano vermelho. Abençoa a tua protegida: abre-lhe os caminhos da felicidade: que nasçam muitos

filhos do seu ventre como aconteceu no passado, nda-
-wuêêê!...

O lobolo está feito. A tia do meu marido entrega outra cabaça de rapé e a bengala aos avós. Coloca o chapéu e o casaco nos ombros do papá. A capulana na cintura da mamã, e outra nas costas, amarrando um garrafão de vinho. Minha cunhada por sua vez enfia-me as pulseiras, os colares e as minhas novas vestimentas. Meu tio recolhe os dinheiros. Canta-se e dança-se. As vacas mugem cada vez mais alto.

— Conduzi o gado ao novo curral!

A minha partida foi combinada para a semana seguinte. O padre Ferreira prontificou-se a dar-nos um casamento cristão, a nós, que nem sequer fomos batizados. Ofereceu-me um vestido de noiva magnífico.

Digo francamente que nunca tinha assistido a uma festa tão grandiosa e logo em minha honra. Muitos olhos vieram contemplar-me: olhos sinceros, falsos, invejosos, trocistas, odiosos, e eu retribuí-lhes o meu novo ar: de arrogância e triunfo.

Não vos falei ainda do meu marido, o Nguila, o homem mais desejado por todas as fêmeas do território. Não o conheço muito bem, mas estou devidamente informada sobre ele. É um búfalo enorme e forte como exige a nobreza da sua raça. Tem a pele bem negra, testa e nariz esbeltos, dentes branquíssimos, o que lhe confere um aspeto de espécie rara. Tem um caminhar dinâmico, dominante, sedutor. É um excelente caçador, o melhor atirador de arco e flecha. Não há quem meça forças com ele. Nas bangas e tabernas é o primeiro a entrar e o último a sair e, quando se embriaga, é a coisa mais insuportável deste mundo. Dizem que é doido varrido pelo sexo oposto, o que orgulha o rei, seu pai. O padre Ferreira tentou cristianizá-lo sem resultado. Fez tudo para que ele estudasse, pois não fica bem ao futuro rei ser analfabeto, e lá aprendeu algumas coisas, ao menos sabe ler uma carta.

Com certeza devem estar a imaginar-me tão bonita para ser esposa do futuro rei, com uma daquelas belezas que pululam por esta Mafalala de onde vos conto esta história. Devem julgar-me mulher de mãos suaves, rosto clarinho, cabelo desfrisado com vaselina e lábios vermelhos borradíssimos de batom. Digo-vos, porém, que cada mundo tem a sua beleza. Há os que consideram belas as mulheres de pele clara. Outros acham belas as feições harmoniosas e o caminhar elegante. Ainda há quem considere belas aquelas que transportam enormes abóboras no traseiro. É como vos digo, cada mundo tem a sua beleza. No campo é mais belo o rosto queimado de sol. São belas as pernas fortes e musculosas, os calcanhares rachados que galgam quilómetros para que em casa nunca falte água, nem milho, nem lume. São mais belas as mãos calosas, os corpos que lutam ao lado do sol, do vento e da chuva para fazer da natureza o milagre de parir a felicidade e a fortuna.

5.

Vozes de pilões abafam o cantar dos pássaros; é o grito do milho no último suspiro; é o gargalhar do estômago saudando a refeição que se aproxima, Sarnau, o homem é o Deus na terra, teu marido, teu soberano, teu senhor, e tu serás a serva obediente, escrava dócil, sua mãe, sua rainha.

Vacas caminham, lesmas, para o sacrifício; as cabras ruminam a última erva; galos e galinhas berram na sua despedida ao sol, prepara-se o casamento do filho do rei, Sarnau, o teu homem é teu senhor. Se ele, furioso, agredir o teu corpo, grita de júbilo porque te ama.

Lá fora tudo se veste de fantasia; as entradas são orladas com coroas de palmeiras: buganvílias pendem nas copas verdes dos cajueiros. As mulheres arrumam as tranças, engomam os vestidos e as capulanas, preparam todos os ornamentos, é a manhã em que se casa o filho do rei, escuta, mulher, o homem é o teu protetor e o melhor homem é o mais desejado. Se ele trouxer uma amante só para conversar, recebe-o com um sorriso, prepara a cama para que os dois durmam, aqueça a água com que se irão estimular depois do repouso, o homem, Sarnau, não foi feito para uma só mulher.

Conselhos loucos me furam os tímpanos e interrompem os meus sonhos, Sarnau, ama o teu homem com todo o coração. A partir do momento em que te casas pertences a um só rei até ao fim dos teus dias. As atitudes dos homens, os seus caprichos, são mais inofensivos que os efeitos das ondas no mar calmo. Não ligues importância às amantes que tem; respeita as concubinas do teu senhor, elas serão tuas irmãs mais novas e todas se unirão à volta do mesmo amor. Sarnau, ama o teu homem com todo o coração.

Vozes de pilões rebentam o céu com as suas ngalangas. Mas de quem são esses lamentos que interrompem os meus sonhos, ferindo-me os tímpanos com conselhos loucos? Não compreenderam ainda como sou feliz? É meu esse homem tão desejado; é meu esse lugar tão cobiçado; o poder é meu, calem a boca, velhas estúpidas!

As minhas mães, tias, avós, fecharam-me há uma semana nesta palhota tão quente e dizem que me preparam para o matrimónio. Falam do amor com os olhos embaciados, falam da vida com os corações dilacerados, falam do homem pelas chagas desferidas no corpo e na alma durante séculos, Sarnau, fecha a tua boca, esconde o teu sofrimento quando o homem dormir com a tua irmã mais nova mesmo na tua presença, fecha os olhos e não chores porque o homem não foi feito para uma só mulher.

Como estou bela, vestida de branco. Como é bonito o meu marido, trajado de preto. Este anel no meu dedo brilha como o sol. Como é emocionante esta melodia com que o povo nos saúda, e que sempre pensei que era apenas dedicada aos anjos. Hoje sou a lua, sou a rainha, o mundo inteiro curva-se aos meus pés. O padre Ferreira fez uma linda bênção. O meu marido assinou o livro com uma caneta de ouro e eu apenas marquei o sinal do meu dedo.

Nunca vi este povo tão enfeitado com todos os rostos a irradiar felicidade. Meus irmãos estão satisfeitíssimos, a mamã está triste, e o papá está indiferente. Come-se, bebe-se, dança-se. Hoje é o dia de arranjar namorados e outras Sarnaus descobrem Mwandos. As mulheres exibem-se e tecem intrigas. Os homens encharcam-se no álcool e declaram amor à mulher do vizinho, usando o disfarce da embriaguez. As adúlteras embebedam os maridos sem piedade, para quando o sol se esconder roubarem um momento de amor protegidas pela inconsciência do parceiro. Nesta noite haverá orgias. Nesta noite dormirei com o meu marido num lençol de estrelas. O sol é meu. É minha toda a felicidade deste mundo.

O sol caminhava rápido para o leito animado pelo ritmo dos atabaques. O tantã embriagava ainda mais as gentes já inebriadas pelo álcool, e as mulheres, agrupadas num círculo, moviam-se extasiadas, batendo palmas, aumentando o delírio com vozes roufenhas, descompassadas, e, no centro da roda, outras tantas anestesiavam-se na dança, ausentando-se da vida e do mundo. A alegria já ultrapassava o auge quando a minha tia ordenou uma pausa.

A atenção de todos foi concentrada num grupo de mulheres trajadas de capulanas vermelho-estampadas e blusas brancas que cochichavam num canto em gesto de conspiração. A festa ia mudar de cenário. O grupo desfilou para nós, os noivos, numa marcha musicada, gestos ensaiados, com as mãos repletas de presentes como panelas de barro, cestos de palha, tigelas e pratos de madeira e tantas outras coisas que nos ofereciam com palavras carinhosas de parabéns, que tenham muitos filhos, estás linda, felicidades, e outras palavras bonitas. Na multidão de assistentes, explodiam culunguanes ensurdecedores, sonantes, emocionantes. A velha tia, arrastando-se em passos já gastos, depositou nos meus pés um pesado pilão, soltando um suspiro cansado. Fez uma pausa para retomar o fôlego, inspirar-se e erguer a voz.

— Sarnau, o lar é um pilão e a mulher o cereal. Como o milho serás amassada, triturada, torturada, para fazer a felicidade da família. Como o milho suporta tudo, pois esse é o preço da tua honra.

Os olhos da velha humedeceram-se num pranto

suave, deixando transparecer no gesto e no movimento amarguras distantes. Os casamentos têm sempre este cenário, ora triste ora alegre. Mas por que a tristeza? Não será o casamento um acontecimento feliz?

Chegou o momento derradeiro. Os Zucula estão à porta e vêm buscar-me para sempre. As minhas mães e madrinhas levam-me novamente para o interior da palhota. Querem dar-me o último adeus.

— Mãe, exageras demasiado em todas as tuas atitudes. Por que choras, mãe? Há aqui algum funeral? Por que é que todas têm os olhos tão tristes? Vamos, alegrai-vos, porque hoje é dia de festa, hoje casei-me com o futuro rei desta terra.

— Sarnau, sangue do meu sangue, nem todas as lágrimas são tristezas, nem todos os sorrisos são alegrias. Os teus antepassados fremiam de dor, mas cantavam belas canções quando partiam para a escravatura. Os mortos vestem-se de gala quando vão a enterrar. Os vivos semeiam jardins nos túmulos tal como hoje te oferecemos flores. Os condenados sorriem quando caminham para o cadafalso, mas choram quando são libertados. Sarnau, minha Sarnau, partes agora para a escravatura.

É momento de despedida. Todas as vozes unem-se numa só, erguendo a canção de adeus, tão bonita, tão suave, que provocava em mim um tumulto inexplicável. Meu pai rompeu em lágrimas, meu Deus, nunca vi o meu pai a chorar, contagiei-me e chorei perdidamente. As minhas mães amparavam-me enquanto faziam a minha entrega aos novos donos.

No novo lar, os Zucula receberam-me triunfalmente, com batucadas que esfacelavam o ar, a sentenciada meteu a cabeça na forca. Senti em mim a negra partindo para a escravatura; a prisioneira caminhando para o cadafalso. Olhei para todos os lados à procura de auxílio e encontrei rostos desconhecidos, sorridentes. Descobri amparo nos olhinhos da Rindau, minha doce irmãzinha, a única testemunha da minha desgraça.

Mas onde está o meu pai? Onde está a minha mãe? Ah, o meu pai, minha mãe, deixei-os além, e estou a sofrer sozinha nos caminhos distantes.

6.

Raios luminosos invadem o escuro do meu quarto. Entrem, entrem, raios de sol. Tragam cor e alegria do amanhecer ao meu ninho de amor. O sol obedecia-me espalhando a claridade mais e mais. Lá fora a manhã é bela, sinto-o. As aves navegam em ondas celestes num voo de esperança. É bonito acordar depois de o sol nascer. Penso em levantar-me, mas para quê? Descerro os olhos. Espreguiço-me. Contemplo o corpo negro e reluzente do meu marido, tão forte como um búfalo, dormindo sereno como um anjo, roncando mais alto que um camião Bedford, tão morto de sono como um verdadeiro cadáver. Este meu búfalo tem mais força que um leão, isso confirmo eu. Lógico; ao almoço devora um boi e rega-se com cem litros de aguardente.

Esta vida de soberana dá-me prazeres novos. Pelas manhãs percorro o mar verde dos campos na tranquilidade do poder, ostentando sobre as gentes a vaidade de ter triunfado sobre todas as mulheres da minha tribo.

Não me canso de apreciar o meu requintado quarto de núpcias na penumbra da manhã. Os olhos incrédulos deliciam-se com o conforto e todas as relíquias. Esta casa de quatro compartimentos onde vivemos, a mais bonita de Mambone depois das casas dos colonos, foi construída exclusivamente para nela residir o herdeiro e a sua primeira esposa. Foi mobilizado um efetivo de vinte homens para se ocuparem da sua construção. Outros tantos foram encarregados da decoração, e não há dúvida de que esses homens utilizaram o máximo do seu bom gosto para o arranjo desta casa. Mandaram vir de Lourenço Marques este mobiliário de madeira esculpida, que se diz ter custado cerca de trinta vacas, quase o preço do meu lobolo. Gosto de poisar os pés neste chão fofo, todo coberto de peles de leopardo, que o meu marido colecionou em todas as suas caçadas.

Tenho um roupeiro invejável; a minha primeira sogra veste-me de capulanas vermelhas, luxuosíssimas, blusas bordadas com fios de ouro, colares de marfim, ouro e cobre, coisas que ela colecionou durante largo tempo, só para presentear a primeira nora, a futura rainha. Cada vez que recebo visitas tenho de usar um traje novo, diferente.

Foi há duas semanas que o casamento se realizou, mas a festa continua cada vez mais brava. Quase todos os dias, gente de todos os reinos chega em procissão, cada um com mais oferendas que o outro, numa espécie de competição que mais parece um ato de suborno ao rei ou ao herdeiro. Servem-se grandes banquetes que sempre terminam num bailado à volta da fogueira e gente requebrando-se ao som do tantã, aumentando o delírio com vozes ébrias.

Nunca sonhei ser a primeira esposa do herdeiro, mas agora só penso em ser rainha. Cada vez que me aproximo da velha, excito-me, e desejo ardentemente que a sua morte seja breve para herdar os grandes braceletes de ouro que ela usa nos braços e nos pés.

O poder é como o vinho. No princípio confunde, transtorna, quase que amarga; pouco depois agrada, e, no fim, embriaga. Eis-me aqui, finalmente, senhora dos destinos desta terra. Serei rainha sem dúvida alguma. É deste meu ventre que nascerá o homem que depois do meu marido irá dirigir os destinos deste povo.

Continuei devaneando, espreguiçando. Fechei novamente os olhos e vesti-me de sonhos. Voei até aos pássaros, até às nuvens, até ao sol. Fiz uma descida vertiginosa, minhas asas de sebo derretiam ao sol. Pousei nas nuvens e voei com elas. Mergulhei num bando de pássaros e, do alto, observei a aldeia real onde o meu corpo cansado repousava, esta pequena cidade que passaria a ser minha depois da morte do rei. Vi outros pássaros a esvoaçarem na savana que orla a pequena cidade de palha. Ao lado da grande figueira ergue-se o palácio onde repousam os corpos do rei e sua rainha. Outros dois palaciozinhos, mesmo ao lado do palácio maior, pertencem às duas rainhas de segunda classe. As outras habitações, dispostas em círculo, em nada se distinguindo das vulgares, pertencem às doze rainhas, da terceira à última categoria. É cidadezinha bela, vista do alto. Mas cidade não. É antes uma enorme pocilga com dezasseis compartimentos onde cada fêmea pare as suas crias. É uma enorme pocilga, sim senhor, onde o povo vai despejar a ração para que o varrasco engorde e segregue mais sémen para fecundar as suas quinze porcas reluzentes de gordura, de ócio, de lixo que os seus braços ociosos não conseguem limpar. Não exagero, não. As minhas quinze sogras são mais gordas que as porcas e mais preguiçosas do que elas, essas porcas inúteis a quem o vulgo considera sobrenaturais.

Da minha árvore vi o rei a ser aclamado por uma grande população de porquinhos negros, troncos nus, cabelos desgrenhados, rostos remelosos e sorrisos alegres, enquanto a terra cedia ao peso do monstruoso varrasco, engolindo-o pouco a pouco até deixarem de se ver os cabelos fartos.

As minhas asas derretiam, voei poisando no teto do palácio principal. Todos os porcos se espantaram por ver uma porca em cima de uma casa. É que eu já não era pássaro, mas uma porca tão porca como todas as outras.

Abri os olhos ainda vestida de fantasia. Qual é a importância dessa massa anónima chamada gente, quando dentro de si não encerra um saco de sonhos? Os melhores dias da minha vida são aqueles em que consegui sonhar.

Saúdo o sol, saúdo o vento e toda a natureza trajada de sonhos. Hoje é o dia de visitar a minha oitava sogra, pilar para ela, cozinhar para ela, lavar para ela, pois cada sogra tem de conhecer o sabor dos meus cozinhados e o aroma das roupas lavadas pelas minhas mãos.

Pilei como uma máquina, cozinhei como uma artista, deixando as minhas habilidades de mulher bem marcadas. Tudo terminou em apoteose, a minha oitava sogra teceu-me elogios extraordinários, estúpidos e até ridículos, pois eu sabia que ela exagerava, que iria dizer o contrário nas minhas costas.

Reparei que esta minha sogra coxeava um pouco, e tratei logo de saber por quê.

— Minha filha, minha filha, estás a revolver-me o fel. A doença que me atacou só os meus defuntos são testemunhas. É uma doença triste e vergonhosa. Os feiticeiros penduraram-me no cimo do imbondeiro. Foi preciso chamarem os grandes curandeiros para me tirar de lá e, quando voltei a mim, fiquei paralítica por muito tempo, recuperando pouco a pouco.

— Penduraram-na mesmo lá em cima? Mas o imbondeiro é altíssimo!

— Não foi bem o meu corpo que levaram. São coisas de passa-noites. Levaram o meu espírito para lá quando eu dormia. São segredos de feiticeiros, coisas da noite.

— Que pena! Mas por que fizeram isso?

— Inveja, minha filha, inveja. Quando cheguei a esta casa, o nosso marido dava-me muito carinho, eu era a mais bonita de todas, e nova! As outras trataram logo de me pregar uma partida, mas enganaram-se redondamente. Os meus defuntos protegem-me e os nhamussoros já pressagiaram o meu futuro. Eu só morrerei de velhice. Aqui o que há de mais é feitiço. Todas essas tuas sogras são grandes feiticeiras. Foi a doença que me pôs feia e velhota.

Pousei os olhos naquele fardo feio e bojudo, transpirando gordura por todos os poros. Uma lagartixa amarelo-acastanhada despenhou-se da árvore caindo no meu regaço, e fugindo célere enterrou-se no areal. Arregalei os olhos, o coração pulsou, e fui percorrida por um grande arrepio. Presságio de desgraça! Alguém vai morrer hoje. Este dia não acabará sem que eu tenha notícias de morte. A lagartixa já deu o sinal.

— Vês, Sarnau, vês, já estão a atuar as feiticeiras, estão a experimentar-te, eu não disse? Eu não minto, o que há de mais são feitiços nesta casa. Tu tens sorte, não te vão abusar muito. Primeira mulher do herdeiro é coisa sagrada, és uma mulher cheia de sorte. Nós estamos aqui a mais, para aumentar o número de cabeças neste curral, e dar o nosso esforço nas machambas, apanhar com os feitiços das outras, o que é que nós somos?

Que dia tão impossível, que sol tão violento, em toda a minha vida nunca vi um dia assim. Felizes são os peixes debaixo da água, sem apanhar estes terríveis raios de sol, e estão sempre limpinhos e fresquinhos.

Felizes são os pássaros que em dias como este voam até às ribeirinhas e refrescam-se. Em todo o lado só se ouvem choros de criancinhas incomodadas pelo sol. Corpos de tronco nu procuram abrigos frescos nas sombras dos cajueiros.

No calor da savana, duas mambas batem-se pela posse de um pardal. As ervas já moribundas sofrem das serpenteadas velozes das mambas. Os gala-galas, centopeias, rouxinóis e grilos abancaram na copa da anoneira tristonha de folhas enrodilhadas em caracol, para se protegerem do sol, e assistem ao espetáculo divertidos, enquanto os xiricos fazem a arbitragem. Uma das mambas cai em combate, a outra engole o pardal já morto e zarpa.

Os espectadores aplaudem. Reinicia-se o coro dos grilos e pássaros, o sol já está amarelo. As mulheres reacendem as fogueiras para preparar o milho e a mandioca. Recomeça a ngalanga dos pilões, o sol já está simpático. Os meninos regressam ao jogo interrompido, os bebés chupam os mamilos, mansinhos, os raios de sol já são inofensivos e a minha sogra ainda me fala de feitiços.

Já sei que todas são feiticeiras menos ela. Todas são más, voam à noite, executam danças de fantasmas na sua palhota, comem os corações dos seus meninos e é por isso que o mais novo acorda sempre com gripe, todas as suas curandeiras são testemunhas disso, já apanharam essas feiticeiras várias vezes, essas curandeiras é que lhe salvam a vida.

O sol está vermelho, rebola e joga às escondidas com os imbondeiros no interior da savana, ah, as mulheres são mesmo bisbilhoteiras, intriguistas, o sol já dormiu, a minha sogra ainda me fala de feitiços.

Mergulho a mão no mar de areia. A trama dos meus dedos pesca cardumes de raminhos secos, pedrinhas, folhinhas perdidas, bolinhos de areia, meu Deus, eu sou faúlha, eu faísco, meu marido é palha de coco, o meu marido é lenha de sândalo, é petróleo para eu acender, para juntos ardermos, juntos explodirmos com o ribombar do nosso amor. Abandonei a minha sogra ainda a falar do feitiço. Quebrei a corrente que me impedia a corrida com o peso do meu corpo, navegando nele como enguia, e mil picos me beijaram os pés, mas não lhes liguei importância, quero a minha lenha, quero o meu petróleo, eu sou faúlha, eu acendo-me, quero esse homem que é meu, eu gosto dele a valer.

Abri com violência a porta do meu quarto. Meu Deus, acode-me! Caí de olhos apavorada, duas gotas de água rasgaram verticalmente o meu rosto enquanto os lábios tentavam dissimular um sorriso forçado, Sarnau, nem todos os sorrisos são alegrias, nem todas as lágrimas são tristezas. Meu marido está ao lado de outra mulher mesmo na minha cama, sorriem, suspiram envoltos nas minhas capulanas novas, meu Deus, eu sou cadáver, eu gelo, abre-te terra, engole-me num só trago, Sarnau, o teu homem é o teu senhor. Quando ele dormir com a tua irmã mais nova mesmo debaixo do nariz, fecha os olhos e a alma, porque o homem não foi feito para uma mulher. Os caprichos de um homem são mais inofensivos que os efeitos das ondas no mar calmo.

Caminhei vencida para a fogueira e aqueci a água para o banho deles. Voei até aos cômoros vestidos de cardos e lírios que o anoitecer escondia, subi o socalco passo a passo, tão pesada como quem caminha para o cadafalso. Minhas lágrimas caindo em catadupas formaram um enorme lago onde os peixes vermelho-pérolas dançavam ao ritmo dos meus soluços, caminhando em parada para as margens do rio Save.

— Sarnau!

A voz parecia vir das profundezas da terra e até assustou os mochos e corujas com o seu ribombar. É o meu marido que me chama. Regressei voando, coloquei-me de joelhos perante o meu soberano, baixei os olhos como manda a tradição e disse:

— Diga, pai.

— A água está pronta?

— Sim, pai.

— Hum, parece que choraste. Morreu alguém?

Arremessou-me um violento pontapé no traseiro que me deixou estatelada no chão. Minutos depois voltei à posição inicial. Enviou-me uma bofetada impiedosa que fez saltar um dente. A minha rival assistia a tudo, coroando-me com um sorriso de troça e de triunfo. Reparei bem nela. Tinha o peito cheio e o ventre muito dilatado. Estava grávida, meu Deus, enquanto eu que sou a primeira ainda não senti lá dentro a lombriga da gravidez.

Sentei-me ao pé da fogueira e o sangue corria da boca em abundância. A rainha veio em meu auxílio tentando estancar o rio de sangue. Vi os seus olhos embaciados. Pobre velha. Tinha chorado. Pôs a mão flácida no meu ombro e ficou assim instantes silenciosos. Ah, como é bom ter alguém para comungar connosco o nosso sofrimento. As minhas lágrimas jorraram com mais força, misturando-se com o sangue do meu corpo, com as labaredas amarelo-vermelhas, com o fumo cinzento e branco que voava em direção ao céu.

— Sarnau, dias piores estão para vir. Aprende a resignar-te e serás feliz. Eu e tu somos almas gémeas com o mesmo destino. Fomos pescadas noutros lagos e trazidas para este curral. Não chores, Sarnau, que os caprichos do homem não fazem mal a ninguém. O teu marido é como o pai, conheço-o bem, é meu vitelinho. Aqueles dois só se sentem bem nos braços das mulheres. Aprende a ser serva obediente e serás feliz.

O meu marido e essa mulher meteram-se de novo no quarto, e ela falava tão alto só para eu ouvir. Aquela voz dilacerava-me, esquartejava-me, apagava o pouco calor que restava no meu coração, ah, eu sou o vento frio que gela as sementes, já não sou faúlha, meu fogo apagou-se, sou tão infeliz!

— Sarnau, não te rales com essas cabras. Tu és a herdeira dos braceletes que orlam os meus braços e os meus pés. Todas as riquezas são para ti. As outras mulheres são insignificantes e lamberão o teu chão.

Passei a noite com a rainha. O rei foi dormir com a sua mulher mais querida, essa libertina de nome Mayi, que o rei defende com unhas e dentes chegando ao ponto de matar a quinta esposa por esta ter divulgado em público as leviandades da sua amada. Dizem as línguas do mundo que Mayi tem tatuagens nas coxas e no baixo-ventre que falam e até cantam. Que todas as manhãs, cobras de feitiço lambem-lhe o corpo, cospem sobre ela e é por essa razão que tem a pele mais clara e mais macia e, pela mesma razão, o ventre dela nunca inchou para parir um filho. Toda a gente sabe das loucuras desta mulher mas ninguém se mete, pois em coisas de marido e mulher ninguém mete a colher.

O sono transportava-me para novos mundos quando uma voz rompeu o silêncio de prata. Minha sogra sacudiu-me suavemente:

— Sarnau, é o teu marido, volta para casa. Sorri para ele, sê boazinha, faz tudo o que ele desejar, demonstra a tua superioridade sobre essa cadela com quem acaba de dormir. Até amanhã, filha. Dorme em paz.

Pisei o chão frio da noite. A lua pintava de prata as paredes do céu, as copas das árvores, os cones das palhotas, as estrelas brincavam ao pisca-pisca com os seus olhos amarelo-prateados, o meu marido está bêbado de morrer, vai torturar-me, este búfalo louco, por Deus!

— Sarnau, estás zangada?

— Não, não estou.

— Mas choraste. A bofetada que te dei foi só uma disciplina para aprenderes a não fazer ciúmes. Gosto muito de ti, Sarnau. És a minha primeira mulher. É tua toda a honra deste território. Tu és a mãe de todas as mães da nossa terra. Tu és o meu mundo, minha flor, rebuçado do meu coração.

Deixei cair duas gotas de fel bem amargas e salgadinhas. Meu marido acariciava-me à moda dos búfalos; dizia-me coisas no ouvido e o seu hálito fedia a álcool, enjoava-me, arrepiava-me, maltratando o meu corpinho frágil. Explodi furiosa e chorei de amargura.

— Sarnau, pareces ser uma machamba difícil. Já faz tempo que semeio em ti e não vejo resultado. Com a outra foi tão diferente. Bastou uma sementeira e germinou logo.

— Casámo-nos há pouco tempo, Nguila, muito pouco tempo.

— Não tenho lá muita paciência. Não estou para lavrar sem colher.

Não imaginam o paraíso em que vivi quando declarei a minha gravidez. Meu marido ornamentava-me de mil carícias, oferecendo-me mil sorrisos. Eu punha-me cada dia mais bonita com os vestidos que a rainha me oferecia. Enfeitava-me com missangas, correntes e brincos de ouro, e toda eu reluzia. Não havia no mundo mulher mais feliz do que eu.

A felicidade, como a flor, abre-se deleitosa para agradar ao sol. No zénite escalda, morrendo na semiclaridade vesperal. Como o girassol, a felicidade dura apenas um sol.

7.

Há muito que a luz adormecera no silêncio. Na barraca solitária um homem sofre, desesperado, com desejo irresistível de abraçar a morte. Mesmo acocorado na fogueira sente no corpo arrepios de frio, sem o calor da mulher nem o choro agradável de uma criança a divertir os tímpanos.

A raiva dominava-lhe o ser. Buscava e rebuscava a razão pela qual ele, homem jovem e bem-parecido, inteligente, educado, bom marido, meigo, carinhoso, excelente amante, podia ser abandonado por uma mulher, preferindo trocá-lo por outro muito mais velho que, além de ter quatro mulheres, possui uma ninhada de quinze filhos. Talvez pelo facto de esse homem possuir mais dinheiro.

Veio-lhe a imagem do menino, seu único filho, primeira alegria, primeira sorte, cuja vida se apagara num sopro como uma vela de sebo, quando tinha apenas dois anitos.

Mwando chorava lágrimas de sangue, pois sabia que não voltaria a reaver o seu tesouro. Sumbi, a mulher que o abandonara, é de uma beleza indescritível, agressiva. Ao vê-la, qualquer homem para e suspira embasbacado, numa reação quase espontânea, rendendo homenagem à perfeição em movimento. As mulheres, por sua vez, sentiam naquela presença um caso de injustiça divina, pois Deus deserdara de encantos todas as outras para concentrá-los numa só.

Os homens não choram, ensinam os pais aos filhos. Mwando é homem e chora, mas com razão. Acabaram-se os prazeres de vaguear com a bela Sumbi nos caminhos tortuosos, ela à frente e ele atrás.

As suas mãos jamais passeariam naquela paisagem exuberante de altos e baixos, terminando sempre encalhadas na elegantíssima cintura de pilão. O seu corpo jamais beberia daquele sangue de fogo, pote de mel, fonte da vida.

Recordava-se dela quando pilava, aí, quando ela pilava no fenecer da tarde, ele sentado debaixo do cajueiro, apreciando aquele levanta e baixa frenético ao ritmo das pancadas. Terminado o trabalho, ela colocava as peneiras debaixo dos braços caminhando bonita, serena, ao encontro dele, deixando-o alquebrado, possesso, enfeitiçado, porque parecia a lua a descer do céu, sorrindo só para ele.

Como um livro aberto, folheava na memória as imagens do dia do triunfo, quando na igreja de São Pedro se unira à mulher dos seus sonhos, numa boda que causou inveja e espanto a todos os presentes.

O casamento fora arranjado pelos pais dela, gente rica que, na impossibilidade de casar a filha com um nobre, quiseram presenteá-la com um homem culto e bem-parecido, tendo a escolha recaído sobre o Mwando, pois não havia outro que o igualasse. Aos pais do rapaz também agradou o negócio. Qual era a família de Mambone que não queria possuir a famosa flor do Índico a embelezar o seu jardim?

As exigências do lobolo eram superiores às possibilidades da família do Mwando. Queriam doze vacas, tendo eles apenas cinco. Para ultrapassar o impasse, fizeram-se várias reuniões, encontros, conversas, acabando tudo numa feliz concordância. O lobolo seria pago em três prestações. A primeira, de seis vacas, seria antes do casamento. A segunda, de três, teria lugar depois do nascimento da primeira criança, e a última depois do nascimento da segunda. Para pagar a primeira, o pai do Mwando viu-se obrigado a bater a várias portas, pedindo emprestada mais uma vaca para juntar às cinco que já possuía.

Mwando casara-se sonhando construir um ninho de amor, mas o diabo tomou-lhe a dianteira. Tudo acabou numa trágica separação, foi sol de pouca dura.

No primeiro dia da vida conjugal, a Sumbi não cumpriu com as regras. Simulando dores de cabeça, não pilou nem cozinhou para os sogros. Sentava-se na cadeira como os homens, recusando o seu lugar na esteira ao lado das sogras e das cunhadas.

Os recém-casados, como dois pombinhos, não se separavam um só instante. Acordavam felizes muito depois de o sol nascer, na hora em que os mais madrugadores regressavam à casa completamente esgotados pelo sol. Só come quem trabalha, ensina a sabedoria popular. O casal, tão preocupado com os seus amores, esqueceu por instantes esta lição, transmitida de boca em boca a todas as gerações, o que provocou murmúrios no seio da família.

— Querida Sumbi, as chuvas acabam de cair, o chão está molhado. Temos de semear antes que a terra seque.

— Não posso, mãe. Sinto ligeiras dores de cabeça.

— Sendo assim, ficas a preparar a refeição.

— Tenho febres, mãe. Com o calor da cozinha a situação pode piorar.

E assim ela continuava dormindo. Depois da refeição pronta, era chamada a comer, o que fazia com o maior apetite de sempre.

— Minha filha, que doença é essa que nunca te tira o apetite?

— Por favor, será que a mãe nunca ficou doente?

Nos poucos dias que ela se dignou a fazer alguma coisa, o marido estava sempre ao seu lado, ajudando na cozinha, na lavagem da roupa, demonstrando, assim, a força do seu amor.

As línguas do povo começaram a atuar, o caso não era vulgar. Onde já se viu um homem colar-se como um piolho nas capulanas da mulher, cozinhar para ela, lavar para ela? As gentes conspiraram, pois o casal seria capaz de contaminar a aldeia com aquele modo de vida. Afastavam-se do mal, impedindo as esposas e os filhos de se aproximarem daquela mulher para não serem contaminados por aquele génio do feitiço. As mulheres, por sua vez, tratavam a Sumbi com desdém, que mais não era senão cobiça dos seus dotes naturais, e outras porque viam os seus maridos completamente perdidos pelos encantos dessa mulher. A estes burburinhos, Mwando reagia com arrogância, porque não via mal nenhum em agradar a mulher que era sua. Sumbi, por sua vez, desafiava o mundo com sorrisos e gestos sensuais, como se alguém lhe tivesse segredado que o seu sorrir dominava o mundo.

A vida do casal deteriorara-se com o passar dos dias. A Sumbi, ao saber-se adorada e protegida, não tardou a tornar-se tirana. As manifestações carinhosas do marido passaram a obrigações, situação que piorou com a chegada da gravidez. Fazia dos sogros e cunhados seus joguetes. Passou a exigir capulanas novas e panos brilhantes, daqueles que eram trazidos pelos mercadores indianos em troca de cereais. Mwando chegou ao cúmulo de esvaziar completamente os celeiros da família, para satisfazer os caprichos da esposa, filha do senhor de terras, a quem nunca faltaram capulanas garridas e colares de luxo para dar mais graça àquele corpo talhado pelos deuses da arte, não ia ela regressar ao lar paterno por sentir-se privada do luxo em que sempre vivera. Quando os celeiros da família se esvaziaram, ela começou a receber presentes dos seus admiradores.

O amor ao luxo levava-a algumas vezes a tomar atitudes condenáveis e o marido, apanhando-a em flagrante, em vão tentava assumir o seu papel de homem ofendido, digno e honrado. Quando ele a repreendia, ela chorava de mansinho pedindo mil desculpas. Quando a fúria o impelia à agressão física, ela clamava por piedade, pois era tão doentia, fraquinha, sensível. Enquanto ele sofria, a mulher oferecia sorrisinhos bonitos, dominando-o completamente. Quem pode levantar a mão contra um anjo?

Está enfeitiçado, está engarrafado, dizia o povo. Comeram-lhe o coração e fizeram dele um cesto de roupa suja, pois homem assim nunca se viu em lado nenhum. Os comentários furavam os tímpanos dos conselheiros da aldeia, que consideraram o caso como uma afronta direta à sua autoridade, ofensa à moral pública, e eles, guardiões das leis da tribo das ilustres tradições legadas pelos antepassados, moderadores da conduta da comunidade, sentiram-se na obrigação de intervir. Homem que se deixa dominar por uma mulher não merece a dignidade de ser chamado homem, e muito menos ser considerado filho de Mambone. Não se compra uma mulher para trazer prejuízos à família, antes pelo contrário, o lobolo é uma troca de rendimentos. Mulher lobolada tem a obrigação de trabalhar para o marido e os pais deste. Deve parir filhos, de preferência varões, para engrandecer o nome da família. Se o rendimento não alcança o desejável, nada há a fazer senão devolver a mulher à sua origem, recolher as vacas e recomeçar o negócio com outra família. Mulher preguiçosa não pode ser tolerada, muito menos a libertina.

Os conselheiros destacaram indivíduos velhos e novos para abordagens individuais ao casal. Mwando demonstrou uma atitude positiva aos conselhos, prometendo ser mais viril e másculo, mudando de atitudes. Se por um lado concordava com os conselhos, por outro lado intrigava-se pelo facto de terceiras pessoas se intrometerem demasiado nos seus problemas. Jurou para si próprio mudar o curso dos acontecimentos, já sentia que era um brinquedo nas mãos da esposa e não só, mas também toda a comunidade o tratava com hostilidade, os amigos afastavam-se. Nas costas zombavam dele e, de frente, tratavam-no como um tolo, um ser verdadeiramente falhado.

Gastava horas infindas ruminando a trama, pensando na melhor forma de abordar a questão e pôr ponto final àquela desgraça, mas quando se aproximava dela, sentia-se agredido pelas radiações de um sorriso mágico, desmantelando o tumulto que fervilhava no íntimo. Havia qualquer coisa de misterioso naquele rosto, naquela voz, que lhe roubava a sua força de homem e, caso curioso, quanto mais sofria, mais desejo sentia de submeter-se aos encantos dela. Não conseguia imaginar o vazio da sua vida se um dia a vida os separasse. Era deste modo que os conselhos do povo não logravam efeito.

O conselho da aldeia acabou por reunir-se, colocando o Mwando no banco dos réus, o que não estava dentro das normas. Os anciãos viram-se obrigados a tomar este procedimento com base nos protestos da comunidade que, bem analisados, não passavam de uma vingança contra o afortunado ou desafortunado que conseguiu arrebatar só para si a maravilha pela qual todos suspiravam. O grosso dos instigadores do caso eram os mesmos que faziam corte à bela Sumbi, aliciando-a com ofertas que não se dignariam conceder às esposas legítimas.

As vozes trovejantes e arrogantes dos velhos fizeram-se ouvir. Criticaram, condenaram, aconselharam com tanto furor que excedia o desejável. Alguns dos presentes foram buscar aspetos que estavam fora da questão em discussão. Concordava em silêncio com alguns aspetos, não deixando de se interrogar sobre a finalidade daquela reunião, daquela fanfarronada, pois sabia da existência de casos mais graves que o dele, mas que nunca foram comentados. Recuou até aos tempos de adolescência, recordando que os rapazes da sua idade lhe dedicaram grande desprezo, camuflando a cobiça de não terem sido escolhidos para frequentarem o colégio da missão. Não estaria ele a ser vítima da mesma maquinação? Este pensamento causou-lhe um certo temor. De corpo presente e espírito ausente, só retomou a atenção quando o velho tio falou, numa linguagem amiga, meiga e fraterna.

— Mwando, como ensinar-te os segredos da vida, como mostrar-te os caminhos seguros, se fechas os olhos e os ouvidos aos lamentos dos nossos corações? No teu lar semeias a preguiça, a vaidade e a insolência. Caminhas de olhos fechados no caminho de urtigas, as feridas sangrentas depressa virão. Quem abre uma cova acaba caindo nela.

Noutros momentos, Mwando teria louvado aquela eloquência, mas reagiu com agressividade, aproveitando a ocasião para dizer algumas verdades, vingando-se das palavras injuriosas que lhe eram dedicadas.

— Será com orgulho que colherei os espinhos por mim semeados. Surpreende-me apenas o facto de os meus censores não terem uma conduta melhor que a minha. Por favor, ocupem-se dos vossos problemas.

— Pobre Mwando, para que tanto orgulho em possuir a sabedoria do céu se o céu não te pertence? Estás a rir-te da dentição falha do crocodilo antes de atravessar o rio. Se essa mulher não presta, por que não te separas dela?

Estas palavras foram proferidas pelo indivíduo que Mwando reconhecia como um dos pretendentes da mulher. Louco de furor, mais convencido de que aquele encontro não era de ajuda, mas sim de injúria e destruição, ergueu-se bruscamente e, de mãos mergulhadas nos bolsos, abandonou a gentalha e as suas fofoquices. Quem são eles para aviltá-lo? Que entendem eles da vida e do amor? Vivem nos abismos da cegueira, adorando as trevas, os mortos e os feiticeiros. Camponeses sem história, vieram ao mundo apenas para cultivar, reproduzir-se e morrer. Como podem humilhá-lo, a ele, civilizado, erudito, cristianizado?

O pai, envergonhado das atitudes do filho, vociferou torrentes de palavras azedas, só parando quando o fôlego se esfumou. Os outros velhos ficaram petrificados. Semelhante atitude era intolerável, sobretudo num rapaz daquela idade. Estava enfeitiçado, não havia dúvida alguma. Homem que teima em viver com uma só mulher, ainda por cima preguiçosa, não é digno de ser chamado homem. O galo que não consegue galar todas as frangas é eliminado, não presta.

— Acalma-te, homem — diziam os outros ao pai do Mwando. — Acalma-te. Não te esqueças de que a culpa está também do teu lado. Fizeste má sementeira deixando um filho teu aprender coisas estranhas à nossa tradição. De resto tudo leva a indicar que o rapaz é vítima de um feitiço forte, terrível!

Nesse mesmo dia, o jovem casal abandonou a aldeia natal, fixando-se muito longe dali, do outro lado do rio.

Longe da proteção da família, os problemas tornaram-se ainda mais graves. Os anos que viveram depois do nascimento da criança foram infernais. Quando o filho morreu, os pais da mulher inventaram uma história qualquer de feitiços, afirmando que os defuntos não abençoavam aquela união, razão pela qual levaram consigo o primeiro filho, primeira sorte. Aquilo era pretexto, toda a gente sabia, Sumbi já tinha arranjado um marido rico, amor com pobreza não faz felicidade, arrumou as coisas dela e partiu.

A fogueira estava quase consumida. Mwando aviva-a colocando mais ramos secos. Estende-se embrulhado na manta de algodão, procurando o sono libertador que se recusava a vir. As vozes da madrugada já ressuscitavam a terra fria quando finalmente conseguiu adormecer.

Adormecido soltava gritos desesperados, o corpo sofria vibrações frenéticas, esticando e encolhendo os membros, encharcando de suor a manta cinzenta. Fantasmas e monstros perturbavam o seu repouso. Sonhava com o menino alegre e saudável no seu regaço, e a Sumbi esvoaçando pelos ares, levada arrastada pelos seus cabelos de seda, baloiçando no ar como uma borboleta de asas largas. Apareceu-lhe um monstro medonho que o perseguiu, deu um grito e despertou. Limpou o suor da testa com a palma da mão. Mais uma vez, procurou a mulher e o filho e encontrou o vazio. Não tinha mais dúvidas. Estava vencido e arruinado.

Da fogueira restava apenas a cinza, a solidão e o frio. Abriu a porta da barraca, deu uns passos para o pátio, experimentando uma sensação de alívio e paz interior, reanimado pela corrente fria da madrugada. Sentia-se leve, gelado, e vazio como um cadáver. Já não sentia amor nem ódio. Vivia uma paz de morte, nada mais lhe perturbando a alma. A paz é a morte, a vida é a luta. Perdeu a luta, perdeu a vida. Por momentos sentiu saudades dos tempos de ansiedade, quando percorria caminhos tortuosos à procura de nada. Já tinha alcançado tudo, estava morto. Tinha saudades dos tempos da vida.

Voltou à penumbra da barraca e adormeceu tranquilamente, despertando quando o sol atingia o pico do céu. Ergueu-se cambaleante, sentando-se na soleira da porta, revoltado contra a vida e o mundo.

Levantou-se vacilante e caminhou sem rumo. Seguiu o mesmo trilho dos homens com enxadas no ombro, interrogando-se da razão de ser da sua presença na terra, no meio daquela multidão formigando em todos os carreiros. Sentia que a vida devia ser algo mais do que nascer, sofrer, lavrar e morrer. Insultou o ventre da mãe que o trouxe ao mundo dos tormentos. Lutava com um esforço sobre-humano para conter o desejo irresistível de realizar com as próprias mãos um genocídio libertador, aliviando todos os seres humanos de uma existência miserável. De punhos cerrados no fundo dos bolsos, olhou para os velhos que lhe passavam de largo, e a torrente de pragas que lhes desejava atirar aos rostos espiralava-se na garganta, formando um pesado nó. Sublevou-se contra si próprio, ao saber-se incapaz de levar a cabo os seus ideais. Só os olhos túrgidos, rutilantes, conseguiam fulminar o mundo, numa ação destrutiva que não ultrapassava o espaço ocupado pelo seu próprio corpo.

Escaldando, fervilhando, conseguia apenas murmurar asperezas para seu íntimo, monologando: mas o que é que andam a fazer estes velhos desgraçados? O que pensam que ainda fazem neste mundo? Os males da terra são causados pelos velhos, guardiões das antigas tradições, que só acarretam desgraças às novas gerações. Esquivou-se a um grupo de mulheres e crianças dirigindo-se ao rio e, para elas, também rogou pragas. Mulheres! Os olhos delas deviam cegar e as línguas ser extirpadas. Foi por amor a uma mulher que se destruíra. Deus devia mandar um fogo sagrado para destruir todas essas serpentes do inferno. Apenas se compadeceu das crianças, ah, pobres crianças que um dia subirão ao calvário construído pelos seus pais. De facto o mundo não devia existir.

Achava os campos verdes sem vida, as flores sem aroma, as árvores inertes e os pássaros de gelo arrefecendo o céu. Arrastou os pés até perder o fôlego, acabando por sentar-se à beira de uma rua qualquer.

Mesmo ao alcance da mão estava um pé de girassol. Descarregou todas as suas frustrações sobre a planta inofensiva, arrancando-a brutalmente do chão. Raivosamente, despedaçou-a folha a folha, pétala a pétala. A seiva leitosa da planta escorria como lágrimas verdadeiras, lágrimas quentes. De repente sentiu o coração da flor a vibrar e parecia falar de mansinho: "Por que me arrancaste do meu mundo? Era tão feliz entre as ervas, embelezava a natureza e tu mataste-me". Sentiu mais um nó na garganta, a flor tinha razão, ato contínuo, atirou o girassol ao chão, já sem vida.

De repente abriu os olhos para o mundo. Foi então que se apercebeu de que a floresta estava viva, os pássaros alegres, os ventos e as borboletas voavam felizes para o horizonte, ele é que olhava para o mundo com olhos fechados, olhos de morto, e todos os seres continuavam na dança da vida. Compreendeu finalmente que a vida é a dor e a alegria, a vitória e a derrota, a ofensa e o perdão, o amor, o ódio, e todos os contrários. O que seria a terra sem a presença humana? Se as mulheres morressem, quem daria luz à luz do sol? Que seria a vida sem os pássaros, árvores e flores? O universo não teria sentido, não existiria.

Revoltou-se contra as suas próprias atitudes. Homem que é homem deve saber resistir às vicissitudes da vida, pois todos os seres vivos têm as suas amarguras. As árvores sofrem da chacina dos homens, mas nunca deixaram de viver. As ervas sofrem do pisoteio desordenado de todos os bichos da selva, mas nunca se queixaram. Os animais mais fracos são o pasto dos mais fortes, mas nunca deixaram de se multiplicar. Os pássaros são aprisionados sem razão e até os montes sofrem das violentas bofetadas do vento.

Regressou ao silêncio da casa para procurar o conforto da alma e do corpo. Colocou-se de joelhos proferindo a prece de ressurreição para o seu próprio cadáver. Pegou na Bíblia, sublinhou alguns versículos, e leu-os em voz alta, quase aos gritos. Tinha necessidade de escutar a sua própria voz penetrando na alma. Derramou lágrimas libertadoras, reanimou-se, ressuscitou-se. Descobriu que o ser humano tem várias mortes em vida, possuindo também poderes de autorressurreição. Ergueu-se confiante, pegou na enxada, mergulhando no formigueiro de gente em movimento. Já sentia em si um homem novo, autorressuscitado.

8.

Nostalgia, solidão, tristeza. A vida para mim já não tem sentido. A angústia tomou conta do meu mundo. Sinto fome, remexo os nacos de carne na panela de barro, mas não os como. Sinto frio, aproximo-me da fogueira, mas não me aqueço mais do que três instantes. Sento-me ao sol, volto a sentir frio e retorno para a fogueira. As minhas gémeas disputam a posse de uma laranja amarelinha, gritam, enervam-me, dou-lhes violentos tabefes como se tivessem culpa de todos os pecados do mundo. Gritam ainda mais, e ponho cada uma no seu mamilo para se calarem mais depressa. Estas criaturas já completaram dois anos e o pai delas nunca mais me tocou desde os sete meses de gravidez. Como é que uma mulher jovem pode aguentar-se, alimentando-se somente com arroz, milho e mandioca? Afinal por que é que as mulheres procuram os homens? Já é altura de fazer outro filho, mas como é que isso pode acontecer se o meu dono não me dá as sementes?

Entrego as crianças à macaiaia, vou à palhota e bebo um pouco de aguardente. Não, já não aguento. Tudo nesta casa me deixa louca. Arrasto o corpo emagrecido pela angústia até ao rio. Mergulho os pés nas águas frescas, ah, mas como me reanima esta água. Estendo a capulana, deito-me, o murmúrio das águas acalenta-me e navego serena nas águas verde-azuis. O sol aquece-me evaporando a minha angústia, que vontade louca de ser amada, mas onde está o homem para isso?

Nestes últimos tempos vejo mulheres a sucederem-se umas atrás das outras e agora somos sete. Que poderes tem um só homem para amar cinco, sete mulheres jovens e fortes? A chegada da Phati, a quinta esposa do meu marido, veio transtornar toda a nossa vida e eu morri completamente no coração daquele homem. Já passam dois anos que não come a minha comida, que não me oferece uma carícia. Essa Phati, essa Phati, não sei que espécie de tatuagens ela tem no baixo-ventre para transtornar desta forma um homem a ponto de esquecer-se dos seus deveres. Essa vaca tenta brincar comigo, pensa que o filho dela será eleito herdeiro, mas engana-se. Hei de ter um filho varão, e só esse é que vai governar este território.

Sinto-me tão só e abandonada. Ainda há quem inveje a minha posição, pois dizem que sou rainha, mas que grande deceção. De que vale usar braceletes de ouro, capulanas de luxo, ornamentar-me como um pavão, quando nem sequer tenho ar para respirar? Nos anos passados nutri a ambição de usar estes ferros, agora tenho-os, são meus e já não me interessam. Estavam bem no corpo da antiga proprietária, a minha rainha, minha Rassi, mãe, amiga, confidente, que os defuntos a guardem em boa companhia. Descansa em paz, nobre alma, junto do teu esposo que em vida não te soube amar. É com muita mágoa que recordo a morte do rei e da rainha e dos tormentos que se viveram na época.

Tudo começou numa tarde em que a natureza enviou mensagens estranhas a todos os habitantes. As borboletas negras voaram pelos campos e, na nossa casa, uma codorniz esvoaçou, solitária, caindo no meio do quintal. Levantaram-se vozes de exclamação e as mentes quedaram pensativas. As nuvens cobriram o céu, as aves voaram baixo e os gala-galas enfiaram-se nos abrigos pressagiando a tempestade. A noite caiu grávida de todos os mistérios. Um bando de corujas interrompeu o repouso com os seus coros agoirentos espalhando a ressonância até ao interior das palhotas adormecidas. Os ventos do infortúnio sopravam na noite quente de mágoas, mas a quem se dirigiam? Cada um de nós pensou em si e nos seus. A serenata agoirenta ofereceu-nos uma noite tumultuosa, cheia de pesadelos.

O céu nasceu nublado, mas a força dos ventos afastou a tempestade, e o sol soergueu-se preguiçoso e frio. Os camponeses dirigiram-se às fainas, cabisbaixos, e entrecruzavam-se silenciosos. Os olhos fulminavam-se de soslaio e os lábios encarceravam os grãos de milho enfileirados nas gengivas, abafando os cumprimentos de bom-dia, compadre, dormiu bem?

Alguns camponeses viram os seus atalhos atravessados por mambas negras e outra coisa não fizeram senão retornar a casa e dialogar com os defuntos para a decifração de tão enigmáticas mensagens.

Foi nessa manhã que se realizou o último conselho da Corte do Rei Zucula. Ditadas as últimas vontades, o rei foi acocorar-se na raiz da figueira secular falando com os antepassados remotos e recentes. Diz-se que nesse momento apareceu uma cobra enorme que se enrolou no tronco da figueira, lançando línguas de fogo. Foi nesse momento que a sua vida se esfumou. O rei morreu de cócoras, e de cócoras foi enterrado, com a lança de guerreiro à direita, e o escudo à esquerda, pois se outra coisa fizessem não choveria.

Depois do cantar dos galos, os tambores violaram a tranquilidade do meio-dia, numa mensagem que não era de alegria nem de festa. O tantã não era um tambor vulgar, mas aquele que só se usa nos momentos especiais. Desde o começo da noite que o povo vivia na ânsia de desvendar o pesado mistério. A mensagem era clara: de morte. Mas quem teria morrido? O som repetia-se de instante a instante.

Vinde, vinde e chorai porque hoje estamos na orfandade.
Vinde, vinde e cantai porque o pai entrou no reino de [além.

O eco das batucadas correu por toda a aldeia. Os que estavam na sacha abandonaram a enxada; as mulheres suspenderam a cozinha; os meninos largaram o jogo. Pelos carreiros, as pessoas cruzavam-se e interrogavam-se: Mas quem morreu? Só pode ser o rei. O rei? Não, não é possível. Mas é possível sim. O pangolim apareceu no cruzamento dos caminhos, os homens tentaram apanhá-lo, mas este desapareceu misteriosamente. É verdade. Não, não é verdade. Os reis não morrem assim, como qualquer um.

A mensagem repetia-se. Os espíritos incrédulos não tiveram outro remédio senão render-se à evidência. Caíram de borco, fulminados. Suspiros de angústia escaparam de muitas gargantas, uma desgraça nunca vem só, o rei nunca morre só. As mulheres, de crianças ao colo, escancaravam as bocas, rasgavam as roupas, mostrando o seu nu, a sua humilhação e submissão ao sol, aos deuses e aos defuntos de todas as famílias, clamando por socorro, pedindo perdão para os seus rebentos que não conhecem as maldades deste mundo, que ainda não beberam a sura do feitiço, da devassidão e da imundície.

A noite cai. O defunto jazia na cama real, atapetada com quinze capulanas das quinze esposas, rodeado pelos familiares e servidores mais devotos. No compartimento ao lado, as catorze viúvas, movidas pelo sentimento de dor, caíram sobre a pobre Mayi, esposa mais querida do falecido rei, proferindo as mais incríveis injúrias, acusando-a de ter enfeitiçado o soberano. Para as catorze viúvas aquele momento simbolizava o fim da humilhação e, para a Mayi, o princípio dela, sem o homem amado, sem filho nem protetor e, para cúmulo, o rei não lhe legara um palmo de terra como herança, da mesma forma como o seu ventre nunca lhe dera a alegria de um filho. Num pranto silencioso a rainha principal fungava divertida com o arrebatamento patético da Mayi, num misto de júbilo e piedade.

Lá fora, a aldeia real apinhava de gente vinda de todas as direções para chorar e prestar a última homenagem ao filho amado do povo. Os gritos das carpideiras tornavam o ambiente mais solene, os seus arrebatamentos tão perfeitos contagiando mesmo aqueles cuja presença era simples curiosidade.

Com a morte do rei vão-se os privilégios de uns e os favores de outros. Reacendem-se vinganças e dívidas antigas. Haverá ajustes de contas. Não era sem razão que os grandes do reino, em poses solenes, estavam serenos, absortos, distantes, sem uma lágrima nos olhos. Não era pela morte do chefe, não. Estavam a contas com a sua consciência, revolvendo o passado, os atos praticados, pois não é em nome do rei que se cometem violações, torturas, prisões, roubos e vinganças pessoais? O sustentáculo caiu, e os grandes homens, órfãos, encontravam-se à mercê dos seus inimigos. Chegou o momento crucial temido por uns e desejado por outros. Os favoritos do sucessor, em gestos patéticos, gritavam mais alto que as carpideiras numa representação perfeita, camuflando o júbilo, pois tinha chegado a sua oportunidade. Entre lágrimas recenseavam as bonitas mulheres que iriam submeter; as pessoas de que se iriam vingar, os prestígios de que iriam desfrutar, os roubos e as ofertas que iriam exigir.

A noite ainda era criança quando soaram três batucadas fortes calando todas as vozes. Tudo ficou em silêncio só se ouvindo o rugir de leões famintos no interior da selva. À volta da grande fogueira iniciaram-se as batucadas solenes que mergulharam todos os corpos na dança fúnebre, dança dos mortos, acompanhando a alma do rei na sua viagem ao reino de além.

Cantaram os primeiros galos, o céu tornava-se claro. Um vento frio soprou nas copas das árvores anunciando a tempestade. Os batuques silenciaram. O novo rei, meu marido, pronunciou breves palavras e prestou juramento diante do defunto. Nos seus olhos embaciados adivinhava-se o regozijo e, na voz, uma virilidade inédita, o filho herdeiro sempre festeja a morte do pai.

Abriu-se o coval onde o rei foi colocado de cócoras. Quando o corpo poisou no fundo, a chuva começou a cair, miudinha. Quando se lançou a última pá de areia a chuva caiu em catadupas.

Todos os rostos floresceram de alegria, Zucula é o rei de todos os reis, os defuntos mandaram a chuva para acompanhá-lo ao mundo dos mortos, para purificar a terra enegrecida pelo luto, é grande o nosso rei, a chuva saudou o novo rei, haverá felicidade e fartura. Os tambores vibraram mais alto envolvendo todos os presentes na dança jubilar de todos os antepassados.

Em toda a dinastia nunca houve funeral mais sublime, testemunhavam os mais velhos. A chuva caiu, abençoou a terra, haverá fartura, Zucula foi um grande rei.

Do meu canto, participava no festival, maravilhada. Finalmente seria chamada esposa do rei. Brevemente iria usar os braceletes reais. Era para mim um grande momento.

A natureza é voraz, alimenta-se de carne fresca. O rei não morreu de velho nem de doente, ainda transpirava saúde quando os defuntos vieram buscá-lo. O seu corpo repousava na terra molhada e em breve seria pasto dos vermes, seria fermento, iria adubar a terra, para que o milho cresça. Assim acaba a vida, assim morreu o senhor dos territórios, dono dos campos, do gado e das sementes.

Os homens renderam homenagem à perfeição da natureza. A trovoada anuncia a chuva, o granizo anuncia fartura na colheita de cereais, os pombos anunciam a paz, a noite anuncia o dia. Toda a gente prognosticou a morte do rei, a natureza enviou aos homens mensagens alarmantes, e todos aguardavam a desgraça, pois as corujas cantaram ao meio da noite, os gatos miaram nos tetos das palhotas, as toupeiras abandonaram os subterrâneos, as borboletas negras voaram pelos campos, as mambas cruzaram os caminhos e os burros, arrebitando os orelhões, zurraram sem parar farejando o feitiço no ar. Houve uma mensagem mais evidente, a mensagem do pangolim. Quando este aparece, é porque vai chover e morrer o rei. Tudo isso aconteceu.

Os mais novos comentavam as mensagens da natureza, mas os velhos mantinham a língua encarcerada entre os dentes.

— Se o rei morreu, é porque chegou o momento.

— Os reis não deviam morrer assim, avô.

— Como qualquer um, eles germinam no ventre das mulheres.

— Não devia ser assim.

— Ó gente nova. Como dizer-vos a verdade? O dia morre para nascer outro dia. Todos morremos. Cada dia que passa aproximamo-nos do fim. A vida é assim.

— Mas como é possível?

— Ignorantes! Eu só lamento uma coisa. Antigamente os homens não morriam tão cedo, com tantas esposas ainda por cobrir. Dê-me essa pitada de rapé.

Um rei nunca morre só. O ministro principal do reino enforcou-se na noite do velório e especula-se por aí que foi para fugir da sua própria consciência, e uma das esposas, desgostosa, meteu fogo na palhota, morrendo calcinada com os três filhos. O chefe do exército também se enforcou. Na mesma noite do velório, a crapulosa Mayi, depois de tanta humilhação, aproveitou a confusão para roubar parte do tesouro real, tentando fugir ao abrigo da noite, e foi comida por leões, mas os animais não lhe tocaram os seios, as tatuagens e o coração, e nem deixaram um arranhão no rosto que, conforme se diz, estava bonito e sereno como sempre fora em vida.

Os dias seguintes foram ainda mais sangrentos. Os súbditos mais devotos do antigo rei reivindicaram as antigas posições e foram silenciados para sempre. Duas das viúvas foram calcinadas com os seus filhos, por disputarem o poder.

Oh amargas recordações. Que solidão, que tristeza, a vida para mim já não tem sentido. A angústia habita o meu mundo, mas este marulhar das ondas acalenta-me, anima-me, ressuscita-me, a manhã está vestida de amor, os peixes amam-se, os caranguejos amam-se, as moscas amam-se, até os caracóis se amam, só eu é que amo em sonhos, rebolando solitária no leito vazio, nestas noites frias de junho, enquanto o meu marido se esfrega sobre mil tatuagens, noite aqui, noite ali, semana aqui, semana acolá. O mais doloroso é que há uma mulher que tem a cama aquecida cada noite, pois o marido vagueia por todo o lado, terminando a noite lá, onde dorme até ao nascer do sol. Todas as outras recebem as sobras, mas comigo ainda é bem pior. Passam já dois anos que eu espero a minha vez, mas ele não vem. Sou a melhor cozinheira, cada dia faço o máximo para agradar, e, quando chega o meio-dia, prova a minha comida e diz logo que não tem sal, não tem gosto. Quando chega a noite e reclamo, diz que é porque não tomei banho. Vou ao banho e volto, inventa que a cama tem cheiro de urina do bebé. Quando argumento, vomita-me um discurso degradante que não ouso repetir. Ah, maldita vida de poligamia, quem me dera ser solteira, ou voltar a ser criança. Se a minha rainha estivesse viva, acredito que as coisas não seriam assim. Ela amava-me e defendia-me. Agora sinto-me tão só. Ela teve uma morte repentina, quase igual à do seu defunto rei.

Foi no oitavo dia da morte do marido que ela se aproximou da figueira para fazer as oferendas. Apareceu a mesma cobra que lançou línguas de fogo, levando consigo a vida da rainha. Ela morreu de joelhos, e de joelhos foi enterrada, com uma faca encravada na palma da mão direita, uma moeda de ouro e grãos de mapira na outra, pois se outra coisa fizesse, não haveria paz para todos os seus descendentes. Realizaram os mesmos rituais fúnebres e houve outras mortes que ninguém consegue explicar, como o caso dos cinco jovens da mesma idade, circuncisados na mesma época, que apareceram mortos no rio. E claro que eu não vi essas cobras de que se fala, pois, quando se deram estes acontecimentos, eu estava gravemente doente, uma doença de feitiço provocada pela Phati, a esposa mais querida do meu marido. Essa mulher daria tudo para me ver morta, mas perde o seu rico tempo, os nhamussoros já vaticinaram a minha sorte. Eu morrerei em terras distantes, do outro lado do mar.

Rebolo no chão despreocupada. As crianças estão entregues à macaiaia e só se lembram de mamar quando estou presente. O trabalho das machambas não é comigo, tenho muitas servas que se encarregam disso.

Fecho mais os olhos deleitando-me com as carícias do sol. Sinto os passos de alguém que se aproxima, talvez seja um pescador. Escuto uma voz que me saúda e, quando abro os olhos, vejo um homem ajoelhado, inclinando o tronco numa reverência.

— Saúdo-a, rainha, mãe de todo o povo de Mambone.

— Ahêêê, obrigado, bom dia.

Num salto coloco-me sentada. Aquela voz fulminou-me o íntimo.

— Mwando!

— Sou eu, mãe.

— Mas que surpresa tão agradável. Quando é que chegaste? Soube que construíste o teu lar do outro lado do rio.

— Cheguei mesmo ontem, mãe.

— Oh, Mwando, mas que maneiras de me tratar.

— Agora sou o seu servo.

Ri-me divertida. É interessante ser tratada com deferência por um homem com quem já se dormiu na mesma esteira. Examinei de alto a baixo aquele ser pobremente vestido, aspeto maltratado, e senti dó. Ontem humilhou-me e hoje acontece o contrário. É um ser desprezível, mas a sua presença é ameaçadora, sinto que ainda gosto deste homem.

— Vieste a Mambone em boa hora, Mwando. Todos os homens valentes estão a ser recrutados para o exército. Os melhores guerreiros acompanharam o rei na sua morte. Além disso, estamos em guerra, os porcos dos Ndaus aproveitaram o momento de luto para roubar gado e machambas.

— São más as notícias que me dás.

— Esta noite, terei o prazer de informar o meu marido da tua chegada, para entrares no exército. Vais gostar muito de estar com ele, é um bom guerreiro, só que por vezes é cruel.

— Isso não, por favor. Vim aqui para repousar. Na vida passei muitos tormentos. A desgraça que passei é maior que as dores que te causei.

— Quantos filhos tens agora?

— Nenhum. Tive um que morreu e, dois meses depois disso, a minha mulher trocou-me por outro homem. Vejo que és feliz no teu matrimónio, e estou satisfeito por isso.

— Sou feliz, muito feliz, mesmo. Também voltarás a casar e desejo que tenhas a mesma sorte.

— Perdoa-me, Sarnau.

— Esquece o que passou.

Mwando despediu-se. Voltei a estender-me de costas. A chegada daquele homem veio transtornar mais a minha cabeça já transtornada. Mas que coisa agradável voltar a vê-lo. Já não é o mesmo, traz no rosto aquela máscara de sofrimento, coitado. O meu coração quase que parou quando o vi, e sinto por ele uma atração nova. Penso que sempre o amei, mas agora é tarde de mais. Que vontade louca de arrastar-me aos seus pés. Que desejo ardente de ouvir de novo aquela voz dos tempos de infância. Deixei-o partir assim, eu que estou com fome de amor, que há anos espero pela minha noite, que virá num dia que nem posso prever e só por caridade. Tenho fome, tive o pão na minha boca e nem o provei. Tenho sede, tive na mão a fonte e não bebi. Tive um momento de felicidade aqui, por que não o vivi? Que triste é ser gente. Gostaria de ser um animal, ser livre para amar livre, sem leis nem tradições.

Num impulso, larguei numa corrida desenfreada como uma cadela enraivecida no encalço dele. Entrei com violência no interior da sua palhota e ele assustou-se.

— Sarnau, estás louca, por que vieste?

— Cala-te, Mwando, cala-te.

Despimo-nos com a velocidade de uma pessoa surpreendida pela diarreia. Abraçámo-nos com a velocidade de uma emergência. Nossas almas acasalaram-se numa comunhão sublime, morremos e renascemos. Os pássaros cantaram para nós, o céu e a terra uniram-se ao nosso abraço e entoámos em surdina uma doce canção de amor.

— Sarnau, amo-te, amo-te, amo-te, mil vezes amo-te.

— Sofri tanto, esperei tanto, mas agora é tarde de mais.

— Agradeço a alegria que acabas de me dar, o prazer deste momento ímpar. Guardarei esta relíquia até ao fim dos meus dias.

— De vez em quando poderíamos encontrar-nos na caverna dos fantasmas. Ali ninguém nos incomodará pois as pessoas têm medo dos feitiços que dizem haver. Já lá estivemos várias vezes, lembras-te?

— Sarnau, pensa na tua posição.

— Tens razão, adeus.

9.

Mwando é a coisa mais bela que Deus colocou no meu caminho. Só o seu olhar serenou as tempestades que me envolviam. O seu abraço destruiu o fogo de ansiedade que me consumia havia anos. A sua voz é doce, penetrante, o seu pescoço é verdura polida, as suas carícias envolvem-me como um manto suave, tão suave como a plumagem dos pintos recém-nascidos. Eu não resisto, estou perdida. Este reencontro é, com certeza, o prenúncio de uma tragédia, sinto-o.

Contam os avós que, durante o período de ocupação dos Ngunis, o povo deslocava-se de um lado para o outro fugindo dos invasores, os alimentos escasseavam muito, os cadáveres eram tantos que alguns não tiveram outro remédio senão comer carne humana para sobreviver. Todos os que comeram carne de gente ficaram loucos e nunca mais deixaram de comê-la. Mesmo depois de terminada a guerra continuaram canibais, comendo as esposas, os filhos e até os vizinhos. Pobre de mim, provei a carne de um homem, bebi a sura das suas palavras, estou embriagada e não posso mais viver sem essa gota de água. Meu coração, minha alma e todo o meu ser dizem-me que sim. O meu dever diz-me que não. Eu sofro, eu tenho um dilema, gosto do meu marido, adoro as minhas filhas, mas amo loucamente outro homem. Ah, detesto esse marido que me despreza, odeio as minhas gémeas inocentes quc me impedem o caminho da felicidade, não suporto mais estes braceletes de ouro que me prendem indissoluvelmente a um homem que não diz nada ao meu coração.

Sarnau, escuta a voz da consciência. Se esse tal Mwando te ama de verdade por que é que antes te abandonou? Agora que estás casada e bem casada é que esse amor renasce? Desculpa, Sarnau, mas esse amor para mim é duvidoso. O rei não te ama, isso é verdade, adora a Phati, toda a gente sabe, deves entender, são coisas que acontecem, mas tens um nome, um título, e a honra mais alta que uma mulher pode ter neste mundo. Tens fortuna, mas não tens amor. O ser humano não pode ter tudo aos seus pés. Amor e fortuna nunca se casam. Emparelham-se apenas nos contos de fantasias.

Não me reconheço. Jurei perante deuses e defuntos que nunca cometeria adultério. Mas que mal há nisso? Todas as mulheres do meu marido fazem o mesmo. Petiscam à grande com os ndunas, pensam que eu não sei? Pobrezinhas, eu entendo, o problema delas é igual ao meu. A situação é que nos obriga a cometer adultério. Mas cometo adultério, eu? Não me insultes, consciência, por favor não me insultes. Acaso não conheces o meu sofrimento, o meu dilema? Não és tu a companheira das noites frias de solidão e dos desamores de que sou vítima? Nada sabes da minha angústia e ansiedade eterna por uma noite de amor que nunca chega? O Nguila ama a Phati, e todas nós deixámos de existir. Eu sou um ornamento e nada mais. Consciência, não conheces o meu dilema? Ainda continuas a chamar-me adúltera? As adúlteras procuram o prazer e eu procuro a vida. Cometem adultério aquelas que têm maridos e eu tenho apenas um símbolo. Não sou viúva, não tive nenhum aborto nem filho morto, não estou na minha fase da lua, não tenho no sexo nenhuma doença vergonhosa, o meu marido não é impotente e nem está ausente, vejo-o todos os dias, desejo-o todos os dias, mas ele vira-me as costas, tortura-me, consciência, ainda me acusas? Entreguei-me de corpo e alma a outro homem, eu amo-o, ele ama-me, amamo-nos, eu quero viver, ele é o meu sol, meu pão, meu paraíso, ah, terrível dilema!

Mwando já não quer ver-me e tem razão. Quem toca na mulher do rei é punido de morte. Que saudades tenho da caverna dos fantasmas. E se desse um salto até lá? Deixe-me ir reviver, sonhar, recordar.

Caminho insegura. Dou um passo, outro passo e olho para as quatro direções; ninguém me vê. Abandono o carreiro embrenhando-me na vegetação verde-orvalhada. Caminho com cuidado fugindo do contacto das urtigas. Piso pedra aqui, pedra ali, para não deixar marcas na areia, despistando o desejo de quem quiser descobrir o destino das minhas pegadas. Estou próxima da caverna, meus ouvidos escutam o choro das árvores em agonia chacinadas pelo golpe de catanas. Assusto-me, tremo, o que será? Parece ser alguém cortando lenha. Mas quem? Um louco com certeza. Fantasmas não são, porque só aparecem nas noites de lua cheia. Talvez sejam mesmo fantasmas, quem sabe? A curiosidade empurra-me para o perigo, dou mais uns passos para a frente e descubro. Ah, meu adorável fantasma!

— Sarnau, por que vieste?

— O mesmo pergunto eu.

— Sarnau!

Mergulhamos na tenebrosa escuridão da caverna que nos cedeu a proteção das suas paredes. Descobrimos conforto no soalho agreste. Revivemos os velhos tempos. Falámos do passado e do presente. Mwando contou-me todas as suas desgraças e eu, na ânsia da vingança, faleilhe da minha importância, das riquezas, da prosperidade, assumindo o papel de uma soberana caprichosa, libertina, que procura os prazeres de um amante pobre somente para variar. Desempenhei bem o papel, mas muito depressa a máscara caiu. Identificámo-nos nas amarguras e no sofrimento. Envolvemo-nos num abraço louco, furioso, chorando como duas criancinhas desprotegidas a quem a guerra acaba de arrebatar os pais com as terríveis lanças da morte.

— Eu quero viver por ti, morrer por ti. Nada neste mundo me impedirá de te amar. Nem o rei, nem o mundo, nem todo o exército de Mambone. Adoro-te, Mwando.

— Resigna-te, Sarnau. Nada podemos fazer.

— Mwando, leva-me para muito longe, para o céu, para a floresta, para o mar. Quero ir contigo até ao fim do mundo.

— Sim, levar-te-ei no meu barco para as ilhas, para as nuvens, onde o vento, o sol e a lua serão para nós dois. Levar-te-ei, Sarnau.

10.

Vinde todos os vivos e defuntos em meu auxílio, vinde, vinde todos! No meu ventre germinou a semente do amor proibido, não sei o que será de mim. Deuses e defuntos, acudam-me!

Estou mergulhada na lagoa de pranto construída pelas gotas dos meus olhos. Tenho a alma torturada, só penso em partir para muito longe, deixar tudo e todos. Este amor dá-me alegria e beleza; dá-me nostalgia e tristeza. Estou ornamentada de flores, de sol e de luar. Estou coroada de pranto e de espinhos da árvore da traição. O meu marido de nada desconfia. Dorme ao meu lado como rei, como anjo, como menino senhor do mundo, embalado pela minha voz suave, envolvido por este manto de perfídia com que cubro o coração. Finalmente deu-me a noite de amor há anos desejada, sinto um grande alívio, passei momentos de terror, pois como é que iria justificar a gravidez se o meu marido nunca me forneceu a semente? Agora, sim, o caso está camuflado. A coisa estava quase a ser descoberta mas consegui esconder as náuseas, vómitos, apetites. Numa corrida louca procurei a minha curandeira para que ela preparasse um feitiço forte, seguro, atraindo o marido para a minha cama. Fiz preces a todos os defuntos, dei oferendas à minha defunta protetora e o milagre aconteceu. Meu marido aproximou-se de mim apaixonadamente dizendo que estava bela. Sussurrou-me coisas doces, delirou como nunca o vi delirar e descobri nele uma verdadeira paixão.

Foi o outro homem que me vestiu desta beleza que o enlouquece. Foi o outro que me irradiou este calor que o aconchega. É de outro a vida que se move no meu ventre, e a criança será bela, meu marido orgulhar-se-á de um rebento alheio. Só peço a Deus que a criança não seja parecida com o verdadeiro pai e, mesmo assim, não será muito difícil de convencer que é parecida com o bisavô, venham todos os defuntos em meu auxílio. Só penso em partir para muito longe. Mas para onde? Como? Será difícil começar a vida em terras desconhecidas sem amigos nem família. Não, não partirei nada. Nunca poderei sair desta prisão com guardas por todo o lado. De resto não trocaria o meu bem-estar por nada neste mundo, nada! Este filho do adultério nascerá neste curral e, se for varão, será o herdeiro. Será o sangue da traição a governar esta terra, terrível destino! Mas que culpa tenho eu de tudo isto? O destino é cruel para comigo, mas não fui eu quem inventou o amor e a poligamia.

A Phati anda doida de ciúme e já ameaça abandonar o lar, faz zaragata com toda a gente e, antes de ontem, envolveu-se em cenas de pancadaria com três das nossas irmãs. Foi ao curandeiro dela para nos enfeitiçar, mas qual é o curandeiro capaz de matar seis esposas do rei só para satisfazer os caprichos de uma perversa, crapulosa e ciumenta?

Meu marido está mais amoroso que nunca, os feitiços da minha curandeira funcionam bem, e ele até se tornou simpático para as outras minhas irmãs. Esta semana faz uma escala rotativa, dorme metade da noite com cada uma delas e, à meia-noite, vem sempre para a minha cama, é sempre comigo que tem o melhor sono, é sempre comigo que desperta depois do nascer do sol. Cada vez que ele sai, traz-me sempre alguma coisa; uma peça de caça; uma abóbora; um cacho de bananas, e até mesmo uma laranja.

Sinto que ele me ama. Acaricia o meu ventre, e aguarda ansiosamente o nascimento do herdeiro. Mas por que me desprezou todo este tempo? Por que esperou que eu desse o meu coração ao outro para depois vir-me contar historiazinhas de amor? O mal já está feito e cresce no meu ventre com a velocidade de um mundo. Não podem imaginar o esforço que faço para corresponder às suas carícias. Quem me dera voltar a ser como era, quem me dera voltar a nascer para colocar cada pedra no seu lugar. Sinto-me perdida, já não consigo disfarçar os meus sentimentos e não tardará muito que se descubram as malhas da traição, venham todos os defuntos em meu socorro.

A Phati está doente, muito doente mesmo. Na segunda-feira, trouxe um feitiço para eu morrer no parto, mas o meu marido descobriu isso em sonhos, espancou-a impiedosamente, e, desgostosa, tomou um veneno que, em vez de a matar, provocou uma diarreia, rebentando-lhe toda a pele que até parece uma leprosa. O nosso marido já nem quer saber dela; distribui o amor por todas nós como se ela já não existisse, mas é a mim que ele ama de verdade. O meu dilema cresce, e pouco falta para o rebento conhecer o sol e não sei o que vai acontecer.

— Sarnau, um dia sem te ver é uma tortura de um ano. Preciso de estar ao teu lado. Por que me escondes o teu belo rosto que me dá a vida? Amo-te desesperadamente e sem ti a vida não tem sentido.

— Temos de ser cautelosos, Mwando.

— Até quando eu irei suportar isto? Vivo por ti, morro por ti, e de ti recebo apenas pedaços de carinho que sobram dos prazeres do teu marido. Não, Sarnau, já estou cansado, temos de pôr ponto final a isto tudo. Preciso de pensar em mim, não posso viver indefinidamente num ninho alheio. Sarnau, quero-te só para mim. Se também me queres, partiremos em breve para muito longe daqui, onde iremos construir o nosso lar cheio de amor.

— No estado em que me encontro é impossível; aguarda que a criança venha ao sol.

— Levaremos o menino que crescerá no nosso lar.

— O meu marido aguarda ansiosamente o nascimento desta criança, Mwando, a questão complica-se.

— Esse homem sem-vergonha; abusa-me porque é rei. Tem a mulher que eu amo e ainda por cima quer roubar-me o filho? Ouve, Sarnau, já não aguento.

— A tua angústia é também a minha; eu irei contigo, mas é preciso esperar. É importante, porém, que o menino nasça na tua ausência. Pode ser que algo de desagradável aconteça. Corremos riscos, Mwando. Agora procura desaparecer. Quando tudo estiver calmo, nessa altura fugiremos.

11.

— Kenguelekezêêê!...

Braços negros erguem-se no ar, mergulhando os dedos enfileirados no prateado leitoso que embacia o céu, partindo do coração da lua.

— Kenguelekezê!... Eis aqui o herdeiro da coroa!

O menino negro — negro não, de prata sim, porque a lua cheia pintava o rosto angélico, cobrindo-o com o seu manto de prata — cumpria o ritual da lua nova que se realizava na lua cheia por tratar-se do filho herdeiro.

— Kenguelekezê! Eis aqui uma vida nova! Majestosa lua: recebe esta criatura, esta gota de água que veio ao mundo para ser feliz. Dá-lhe a bênção. Poupa-a das diarreias, doenças nervosas, ataques, quando nasceres, quando encheres e quando morreres, kenguelekezêêê!...

O menino nu tremia de frio, suspenso nos braços

erguidos das madrinhas. Fechou os olhos, esfregou-os, esperneou, e lançou um jato de urina molhando a cabeça de uma delas, soltando gritos de protesto.

Com o menino erguido no ar, as madrinhas dançavam à volta da fogueira sagrada. A seguir administraram fumos e drogas purificantes para afugentar feitiços e maus-olhados. Prepararam-lhe vacinas e amuletos, colares de pele de leão para ter a coragem e a audácia do rei da selva.

As rajadas frias da noite, as labaredas arco-íris, as sombras, as árvores prateadas, o choro do menino, as vozes embriagadas dos homens lá do outro lado, o cantar dos grilos e o silêncio dos pássaros testemunharam a saudação do menino à lua cheia, altiva, apaixonada.

O florescimento dos sorrisos contrastava com os tormentos passados há um mês. O sol já ultrapassava o zénite quando a criança deu sinais de nascer. O pavor do escândalo apoderou-se de mim, fiquei nervosa, aflita, começou a faltar-me o ar, sentia dores terríveis e gritava como louca, correndo de um lado para o outro tão louca como uma galinha poedeira.

— Comeu ovo, comeu ovo — diziam as minhas sogras. — Comeu ovo, é por isso que se comporta como uma galinha que quer pôr, comeu ovo!

As dores eram terríveis, a voz morria, e sentia a vida a fugir. As parteiras lutavam sem sucesso. Puseram-me o pilão na cabeça para ajudar a criança a descer e nada. Como último recurso colocaram o pilão no estômago e nada. Todos transpiravam. Vieram os nhamussoros, fizeram-se as adivinhas e apanhou-se o nó do problema: Phati. A feiticeira é a Phati que foi imediatamente amarrada e espancada até sangrar e nada. Phati, se a Sarnau morrer saberás o que é a fúria de um leão. Levanta o feitiço que fizeste, não se mata uma rainha assim. Phati gritava e chorava lágrimas de morte. Na minha agonia restavam forças para me compadecer dela, pois é inocente, se a criança não sai é porque é filha de adultério. Rogou-se a todos os muzimos e nada.

Na impotência dos deuses, no silêncio das almas em suplício, no coração frio da noite, um violento choro rompeu.

"Kenguelekezêêê!"... cantaram os galos. "Kenguelekezêêê!", brilhou a lua, "Kenguelekezêêê!", as vozes moribundas reanimaram-se no silêncio da noite, a Phati foi libertada, o menino berrava com uma vozarra de gatarrão velho, kenguelekezêêê!

Seu maroto, deste-nos tanto trabalho com a tua cabeça de melão, sorriam as parteiras; o menino é belo, tem a cara da mãe, o menino é valente, tem a força do pai, o menino é rei, grita como um leão no interior da floresta, o menino é clarinho como a Phati, pudera, a Sarnau e a Phati odeiam-se por causa dos ciúmes da última, e é mesmo por isso que o bebé tem a cor da pele dela.

Olhei timidamente para a criança; parecidíssima comigo. Tem a cor clara do Mwando, seu verdadeiro pai. Aquele corpo que prometia a virilidade de um guerreiro era característica comum dos meus dois maridos. Ainda bem que toda a gente acredita que a cor clara é causada pelas desavenças que tive com a Phati, quando incubava a criança no ventre, pois é assim mesmo, o ventre da mulher é um mundo que encerra os mistérios mais tenebrosos deste mundo.

Conta-se que aqui em Mambone, há muitos anos, um homem se enforcou numa mangueira quando a mulher estava grávida. Depois do funeral, a mulher angustiada sentou-se diante da árvore durante muitos dias e muitas noites contemplando-a, até que um dia o seu ventre rompeu, e de lá saiu uma criatura com corpo de gente, cabeça de manga, mas manga verdadeira, amarela, e tinha como cabelo folhas de mangueira. Também houve casos de mulheres que dos seus ventres nasceram cobras, lagartixas, peixes e até ovos de avestruz. O caso mais recente foi de uma mulher que depois de nove meses de esperança, no lugar de um filho saiu-lhe uma bacia de barro com um ovo de galinha lá dentro, e em vez de sangue, eram feijões. O meu caso não é inédito; o meu filho tem a cor da mulher que detesto.

O meu filho é realmente bonito e o meu marido não se contém de tanto orgulho. Este menino é de uma formosura que irá transtornar todo o mundo de Mambone.

Mwando, eis o teu filho em mãos alheias; eis o teu filho a encher de orgulho os corações dos outros, onde estarás tu neste momento? Talvez nem imagines este terrível desfecho. Nunca assisti a um nascimento com tanta fanfarra. O Nguila anda inebriado de álcool e de alegria, uma alegria que é tua, a vida está trocada, as pessoas deviam andar de cabeça para baixo.

* * *

A história do nascimento do meu filho magoou demasiado a minha grande rival e sinto que ela vai vingar-se. Parece que ela prepara qualquer partida, vigia todos os meus passos, e temo que tenha descoberto qualquer coisa. Os seus olhos rasgados são dois centros de fogo.

O nosso marido já fez as pazes com ela e tudo voltou a ser como antes. Todas nós estamos de novo votadas ao desprezo.

O tempo passa depressa. O pequeno Zucula já se senta, tenta andar de gatas, e exibe nas gengivas os primeiros grãozinhos de milho.

Mwando anda frustradíssimo. Se não fosse por causa do rei, já teria raptado a criança. Cada vez que nos encontramos, fala-me sempre dos planos de fuga, mas eu já não estou interessada. As consequências de tal atitude seriam desastrosas para toda a família. Não, não sairei daqui. Acabemos com estas loucuras. Amanhã irei dizer o último adeus a todas as fantasias.

12.

— Vem, quero afogar-me em teus braços e diminuir este cansaço.

Deu-me a mão e caminhámos em passos cuidadosos até à caverna dos fantasmas. Olhava para todas as direções, inquieta, pois um sexto sentido avisava-me de mil olhos que nos observavam. Penetrámos na copa cerrada da figueira, que nos ofereceu o segredo e a frescura do seu paraíso. Sentei-me na cama de palha, e estendi-me na verdura como um cadáver.

— Vem, que eu ofereço-te um mundo novo. O mundo que te dou tem a beleza das flores do campo. Não tem fartura, nem grandeza, nem riqueza. Dou-te o meu coração, a minha vida. O amor é tudo o que tenho para te oferecer, Sarnau.

A nudez dos meus seios deixou a descoberto feridas abertas resultantes dos golpes embriagados de um marido devasso. Mwando aconchegou-me no seu corpo peludo, seus braços percorriam a minha paisagem em todas as direções, os lábios debicavam sôfregos o suco das minhas tetas, eu suspirava, eu chorava, Sarnau, escuto o roçar agradável das tuas tatuagens, crê em mim, Sarnau, morrerei contigo, não chores, Sarnau, que assim vou chorar também, que bom chorar embalado em teus braços.

Beijava-me as feridas em sangue, as cicatrizes antigas, o pescoço arranhado, eu gemia, eu sorria, Sarnau, tirar-te-ei desta escravatura da poligamia, e serás uma só mulher para um só homem, viverei em ti, viverás em mim, num corpo só, numa alma só, numa existência única, num mundo único, numa vida única.

Nossos corpos agitavam-se na agonia dos bosques incendiados. No naufrágio intolerável do prazer, nossos braços debatiam-se à procura de uma tábua de salvação, e chorávamos, e gritávamos, mas as lágrimas perdiam-se no encanto do canto.

Lá das alturas os habitantes do céu em voo rasante desceram aos pares, trazendo-nos cada bico uma flor de laranjeira, saudando respeitosamente o duelo original em homenagem ao Adão e à Eva de todos os seres. O duelo era de morte e ressurreição. De nós restaram apenas os corpos derrubados, a cinza e o pó.

Éramos dois pombinhos imolados em sacrifício. Éramos o vento abalando o universo, nós éramos tudo, o princípio e o fim. Não éramos nada. Éramos um macho e uma fêmea no princípio do mundo. Ou no fim do mundo.

Renascemos do pó num sonho único, numa realidade única. Meu corpo estava maltratado, os cabelos amarfanhados, o rosto laureado de carícias, os olhos embaciados de orvalho doce, e a felicidade conquistada era tão vasta, tão suave como profunda.

— Mwando, leva-me até ao céu, até ao fim do mundo.

— Vem; trajar-te-ei com flores verdadeiras, flores belas; vestir-te-ei de renda e ornamentar-te-ei com pulseiras de missangas, de ouro e colares de marfim; nos pés calçar-te-ei flores de cristal. Levar-te-ei para a cidade onde a vida é mais bela e civilizada. Ali não há poligamia, cada homem só tem uma mulher; as pessoas vivem em ninhos de amor e não em currais imensos; as famílias são mais pequenas e unidas. Vamos para a cidade, Sarnau, em Mambone nunca conhecerás o sol. Aqui chamam-te rainha, mas rainha de quê? Tens uma falsa fortuna porque nada do que dizes ter te pertence, não tens amor, nem felicidade, nem vida. Vem, Sarnau, que a felicidade espera-nos do outro lado do mar.

Mwando falava como um possesso de olhos perdidos no céu azul. Sua voz penetrava-me pelas chagas abertas e corria no meu sangue para cima e para baixo; suas palavras eram um pote de mel doce, doce. Minha cabeça girava em "hula-hoop"; meus olhos enxergavam mil cores ao mesmo tempo. Levantei-me vacilante e voltei a cair; as árvores, o céu, o sol e eu, girávamos à volta das árvores, do sol e de mim mesma. Venceu-me a carne, venceu-me o coração, sou apenas a escrava do sentimento que é mais forte do que eu. Hei de partir com o meu amor, deixar tudo e todos, mas não, não partirei. Não posso deixar os meus três filhos. Não, parto, não, não parto. Parto, não parto. O amor é tudo na vida; o amor é a felicidade eterna; o filho é tudo na vida; o filho é a felicidade em cada momento. Tenho o amor de um e filhos do outro. Se com uma lança na mão me puserem a escolher qual dos dois deve morrer, entre o homem que amo e o pai dos meus filhos, qual dos dois mataria primeiro? A búfala, a leoa, a pomba e a avestruz escolheriam a felicidade dos seus filhinhos; e eu? Ah, em primeiro lugar está a felicidade dos meus inocentes, mas eu estou louca, provei a carne de um homem, chupei o tutano dos seus ossos, bebi a sura das suas palavras, não posso mais viver sem esta gota de água, terrível dilema. Desesperada revolvo o céu, a floresta e a terra negra; revolvo a alma, o coração e as entranhas; qual o caminho a seguir? Consciência, dá-me um conselho, uma só palavra tua, e eu seguirei os teus passos. A consciência não me responde, eu morro, terrível dilema!

— Partiremos na semana próxima quando a lua se esconder.

— Mas antes deixa-me pensar um pouco mais, um pouco mais.

— Vem, Sarnau, a felicidade espera-nos do outro lado do mar.

A floresta era um mar vestido de flores. Já sentia os sapatos de cristal a aconchegar os meus pés, o farfalhar das rendas roçando o corpo, e as capulanas de seda mais luxuosas do que as que tenho a escorregar nas minhas ancas. Veio-me a imagem dos meus filhos; não, não partirei, acabemos com estas loucuras. O meu marido já deixou de existir no meu coração, mas não partirei. Esta é a minha terra e o meu mundo. Aqui nasci, aqui os meus filhos e todos os meus antepassados também nasceram, adeus, Mwando, não partirei.

Caminho acelerada, animada pela suprema decisão, deixando para trás o velho mundo com os seus sonhos e ilusões.

— Sarnau!

Apanhei um choque. Phati estava escondida num arbusto e espiava-nos. Estou perdida. Brevemente todo o mundo saberá de tudo, venham todos os defuntos em meu auxílio.

— Sarnau, não sabia que também és feiticeira.

— Por quê?

— Ninguém penetra nesta floresta e sai com vida, com exceção dos que têm o génio do feitiço. Estavas tão bem acompanhada que nem deste pela minha presença, não é verdade?

— E que tens tu a ver com isso?

— Amiguinha, vi e ouvi tudo. Chegou o momento da vingança. Serão meus os braceletes que te enfeitam. A vitória está do meu lado, Sarnau. A minha vingança será maior que todos os tormentos que me fizeste passar.

— Tu não viste nada, não ouviste nada, e nem vais fazer coisa nenhuma. Os meus braceletes não usarás, nem com a minha morte.

— Vai descansada, mas hoje não dormirás bem.

— Sarnau, vejo-te cada dia mais distante. O teu rosto irradia uma felicidade estranha e sinto que não fui eu quem te vestiu dessa alegria. A beleza que ostentas, Sarnau, não fui eu que te dei.

— Não compreendo nada do que me dizes, meu marido.

— Compreendes, sim. Andas a enganar-me. Esta manhã estiveste com um homem na zona das cavernas. O que procuravas por lá?

— Isso não é verdade. Eu sei quem inventou toda essa história. Bem sabes que a Phati me odeia e daria tudo para me ver morta.

— Não sei qual das duas mente. A verdade é que tenho a lança já afiada. Quem fere o orgulho do rei é punido de morte. Amanhã, ao nascer do sol, convocarei todos os ndunas, tu e a Phati beberão wanga. O sangue da traição jorrará sobre a minha lança. Sarnau, andas a enganar-me. Quem é o homem com quem dormes?

— Senhor, poupa-me deste flagelo. És o meu único homem, meu marido, meu senhor. Deste-me a honra sobre todas as mulheres da nossa tribo. A Phati odeia-me, sabes muito bem.

— Nos olhos dela não encontrei sombras de mentira, e na tua voz não encontro o som da verdade. Sou um búfalo ferido de morte, um cão ousou ferir o orgulho do rei. Sarnau, a desgraça aproxima-se, e a nossa separação será eterna. Se me trais, amanhã morrerás na ponta da minha lança. A Phati é a mulher que mais amo nesta vida, mas nunca a perdoarei por esta ferida que me causou. Por que me contou todas estas coisas? Por que me feriu assim, deste modo? Tu e a Phati morrerão, adeus minha rainha, adeus Phati. Sou um homem morto, neste momento, e devo defender o meu orgulho. Sarnau, dá-me a aguardente, quero beber para acalmar a dor; dá-me a suruma, quero fumar para esquecer, esquecer e morrer.

Fui buscar a aguardente e a suruma. Quando regressei, Nguila envolveu-me num abraço tão violento e chorou como nunca imaginei que um homem pudesse chorar. Descobri que ele me amava de verdade, com a sua maneira polígama de amar. Chorei também mas de arrependimento, e desejei morrer naquele momento.

Meu Deus, amanhã beberemos wanga, ficaremos tontas e diremos todas as nossas vergonhas. Todo o mundo saberá que o herdeiro é filho do adultério. Serei morta, Mwando será morto, o meu filho será morto e a Phati também. Tenho de fazer alguma coisa. Tenho de salvar a vida do meu filho inocente.

Pensava em tudo e em nada. Tenho de fazer alguma coisa, mas o quê? Só me resta um caminho. Fugir. Sim, fugir para sempre. Não levo o menino, senão o Nguila enviará um exército inteiro no nosso encalço. Durmam em paz, meu filho, minhas filhas. Sei que um dia me perdoarão. É por amor ao meu menino que fujo da minha consciência. Ainda bem. O Nguila está a dormir um sono de suruma e não despertará antes do nascer do sol.

Rapidamente tiro os braceletes de ouro, escolho algumas roupas, encho o cesto de mandioca e saio correndo ao abrigo da noite. Olho para todos os lados e descubro um vulto: Phati! Arremesso contra ela um ramo seco que lhe rebenta o queixo e continuo fugindo. Chego à casa do Mwando e acordo-o com violência.

— Mwando, é uma emergência, reúne tudo o que é teu e partamos sem demora.

Ele saiu da palhota com uma pequena trouxa e, de mãos dadas, corremos no escuro em direção ao rio.

— E o menino?

— Ficou, é terrível, descobriu-se tudo, a Phati espiava-nos, e amanhã espera-nos a morte.

Entrámos no barco e navegámos rápido com a velocidade da tempestade, e tudo ia ficando para trás: a minha terra, o meu rio, o meu vento, os meus filhos. Adeus tudo o que foi meu, adeus, meus filhos, adeus!

13.

Um jato de areia fustiga-me os olhos, as palmeiras reiniciam a makwayela dos ventos. As águas do mar e o furacão unem-se num abraço exagerado, esbracejando, esperneando, enrodilhando-se em ondas de amor, que derrubam barcos de pescadores, interrompendo os beijos dos peixes, o namoro das garoupas, e o repouso das algas, como se todos estes não tivessem o direito de abraçar, beijar e amar.

Fecho a janelinha da minha barraca de caniço, sento-me na esteira e rezo: Muzimos, protegei o meu amor que está no alto-mar à procura do meu sustento. Mas hoje não reconheço o mar. No dia da nossa fuga estava tão sossegado, ah, quando me lembro daquele dia. Chegados ao rio, mergulhámos os pés nas águas frias, saltámos para o barco, largámo-lo e num zás a corrente arrastou-nos ao meio do rio. Mwando remava rápido, entrámos no oceano e navegámos em direção ao Sul. Vencíamos a distância rapidamente; eu chorava lágrimas de prata que se confundiam com as águas do oceano. Cardumes fantasmas e casais de golfinhos cortejavam o barco e Mwando remava mais e mais. Sentia tanto ódio da Phati. Por causa dos ciúmes dela estava eu no meio do mar fugindo da minha própria sombra, mas também foi bom assim, pois doutra maneira nunca me decidiria a partir para a felicidade sem fim. O receio, o ódio, o amor, o arrependimento e a alegria até agora continuam a revolver o meu íntimo. Ao raiar do sol desembarcámos em Bazaruto, Mwando vendeu o barco ao primeiro pescador e entrámos noutro que nos conduziu até Vilanculos.

Aqui estamos nesta barraca de caniço tão pequena que só dá para dois. Mwando é pescador num barco de indianos e trabalha bem. Ele é que faz todas as compras, traz-me tudo para casa, uma vez que nem posso sair para não ser descoberta. Nunca imaginei que na vida houvesse homens tão meigos, carinhosos e amorosos como o Mwando. Mas ele não volta! Terá sido engolido pelas águas?

Meu Deus, protegei-o, mas que vida tão linda, tão diferente da poligamia. É maravilhoso ter um homem que é marido, amor, amante, irmão, amigo, pai e mãe. A separação dos meus filhos tortura-me, mas tenho um homem que é todo o meu consolo. O único problema será devolver as trinta e seis vacas do meu lobolo, mas o Mwando já vai tratar disso. Mas ele não volta, meu Deus, muzimos, protegei-o! Ah, ele vem aí, corro a abraçá-lo, recebo-o com um sorriso belo; alivio-o do peso do cesto; conduzo-o ao nosso ninho, despojo-o da roupa molhada, e massajo o corpo frio com água quente. Sirvo-lhe comida quentinha, meu amor, trabalhaste bem? Ele oferece-me um sorriso, sim trabalhei bem. O mar está violento, está frio, pescaram alguma coisa? O rosto rasga-se mostrando-me os dentes branquíssimos, de colher suspensa entre os lábios, sim, a pesca foi boa, mas a comida é mais saborosa, está quentinha e gostosa, mas prefiro outro calor e outro gosto, larga a colher e procura novo paladar na frescura do meu sorriso que o embala.

Mwando, exausto, adormece sorrindo. Dorme, dorme meu menino que amanhã beberemos outra cabaça de mel mais doce e mais gostosa. Sonha, sonha, que amanhã beberás da minha sura, beberei da tua sura, até me embriagar, e te embriagares, nos embriagarmos e juntos enlouquecermos, e vivermos, e morrermos, para renascermos em novos mundos, novos mares e novos horizontes. Dorme, dorme, meu anjinho!

14.

As depressões atmosféricas regalam com feriados todos os homens do mar. Em agosto o vento é forte, o mar é bravo, tenebroso. As grandes incursões marítimas, a ação dos pequenos barcos, a pesca artesanal do camarão e os caprichosos passeios em jangadas e canoas cessam no mês de agosto, em homenagem à fúria dos ventos.

Os leões do mar retornam por algum tempo à faina da terra. Aproveitam o tempo lutando contra o vento, reconstruindo os tetos e as paredes que são barbaramente arrebatadas pela fúria das correntes. Os mais afortunados regressam à tradicional atividade de lavrar a terra.

O sol, disputando o poder com o vento e as nuvens, não era tão violento, o que permitia percorrer largas distâncias a qualquer momento do dia em toda a extensão da savana. Mwando vagabundeava, parando aqui, conversando ali, ajudando acolá e, numa ação de espionagem, buscava e rebuscava, das bocas fofoqueiras, todos os ditos que se espalhavam na terra sobre o célebre escândalo da fuga da rainha das terras de Mambone. Recolhera já um número considerável de bisbilhotices, cada uma mais fantástica do que a outra. Numa espécie de rebelião, o povo solidarizava-se com o raptor da rainha, laureando esse heroico desconhecido com fantásticos louvores como se o conhecessem e fossem seus partidários. Mwando participava nos comentários como se de facto estivesse alheio ao caso.

Esse herói não vivia em harmonia com a própria consciência, fugindo da aproximação de cada arbusto, cada sombra, pois o medo acompanhava-o em cada passo.

O sono é a dádiva mais sublime dos seres racionais, já que é quando se dorme que se restabelece a ponte entre os deuses e os homens. No sono, os defuntos visitam-nos, expressam os seus desejos e vontades, previnem-nos do perigo, prognosticando o amanhã, quer seja ele doce ou penoso.

Na última noite os defuntos levaram Mwando a vaguear num cenário macabro, que não era mais do que o vaticínio dos próximos dias de amargura. Sonhara estar acorrentado por homens invisíveis, arrastando o seu corpo pela terra argilosa, sofrendo arranhões de raminhos de árvores, pedrinhas, e tantos outros objetos pontiagudos esparsos pelo chão. O suplício era acompanhado por um cortejo de mulheres fantasmas cujos rostos estavam vendados por capulanas. O surgimento repentino de um homem empunhando uma zagaia em posição de morte fê-lo acordar em sobressalto e, com os olhos ainda turvos de sono, procurou os seus captores no interior da barraca silenciosa, ouvindo apenas o ruído dos seus movimentos e o ronronar angélico da mulher que dormia ao seu lado.

Maus sonhos me perseguem. Graves acontecimentos decorrem em Mambone, pensou. É preciso saber a verdade. Não esperou pela lavagem do rosto, o caso era de urgência. Remexeu os bolsos do casaco e de lá tirou uma moeda de prata, abriu a portinha da barraca, e, em passos rápidos, galgou furioso o chão negro ao encontro da casa do adivinho. Escutou o oráculo que lhe contou uma história de fantasia, que nada tinha a ver com as suas preocupações. Largou a moeda, abandonando o adivinho sem um olhar de despedida.

Naquela manhã convulsiva, vagabundeou debaixo do sol ameno em todos os cantos da aldeia à procura de algo que desvendasse os seus mistérios. As carícias da mulher, os alimentos ingeridos, não lhe transmitiam sabor nem calor. Estavam simplesmente insípidos.

Ao cair da tarde procurou a companhia dos homens despreocupados e felizes. Talvez aproximando-se deles, recebesse um pouco da tranquilidade que possuíam. Procurou a sedação da sura para afastar os tormentos que o acompanhavam a cada passo.

Em casa da Maria havia uma banga onde a sura fluía aos borbotões. Os homens acocorados reuniam-se à volta do garrafão de sura que ocupava um lugar de importância no meio do círculo, enquanto o canecão de barro percorria a rodada. As moedas de prata, ganhas nos biscates para os momentos de lazer, enchiam as conchas almofadadas das mãos da gorda Maria que distribuía sorrisos, pois o negócio corria mesmo a contento. O ambiente era acompanhado por uma algazarra de homens embriagando-se, petiscando, namoriscando as mulheres que ali apareciam para fazer companhia à clientela da casa. Mwando participava no rebuliço, reunido em confraternização com os outros leões do mar.

Apesar da semiembriaguez, Mwando estava atento a todos os movimentos, não fosse ser esfaqueado a qualquer momento, tendo consciência do perigo que pairava sobre a sua vida. A chegada de três forasteiros colossais, de passadas largas e seguras, que mais pareciam guerreiros pela sua arrogância, pois não possuíam a humildade dos pescadores, atemorizou-o. A luz escassa do quarto crescente ajudou a identificar o rosto de Nhambi, seu irmão de circuncisão, que pertencia à corte do rei de Mambone. Foi percorrido por um grande arrepio, o sexto sentido já lhe indicava a razão da presença dos três homens. Discretamente, afastou-se do grupo, procurando o abrigo da sombra densa no pátio da casa.

Nhambi fora seu grande amigo nos tempos da infância. Foram parceiros nos ritos de iniciação e, juntos, souberam ajudar-se mutuamente, vencendo as dificuldades mais incríveis. Juntaram os seus sangues na circuncisão, tornando-se, deste modo, mais irmãos do que os nascidos do mesmo ventre. A ascensão de Nhambi para cargo de privilégio deu-lhe satisfação, mas muito depressa compreendeu que tinha perdido o melhor amigo da sua vida. As obrigações do poder interditavam-no de conviver com as antigas amizades. Era um homem importante, sempre ocupado. Valeria a pena tentar uma conversa amiga, invocando os velhos tempos? Seria este irmão capaz de ajudá-lo a sair do seu dilema? Nhambi é um bom homem, conheço-o. Talvez me diga alguma coisa, vou tentar, pensou.

Levantou-se, deu alguns passos e, pensando melhor, recuou. É bem possível que ele tivesse mudado. O poder transforma. Casos há em que os pais renegam os filhos, as esposas traem os maridos, os irmãos ignoram-se, perseguem-se, matam-se para ganhar um quinhão do poder.

Enquanto Mwando meditava, a sorte quis que Nhambi, acasalado com uma das mulherzinhas da casa, procurasse a proteção da mesma sombra para fugir dos olhos indiscretos dos beberricantes. Este, por milagre, descobriu o amigo. Deu-lhe uma palmadinha nos ombros, falando-lhe a meia-voz.

— Aguarda-me ali na outra sombra. Tenho uma conversa importante para ti. Enquanto aguardas vou ocupar os meus companheiros com mulheres e álcool.

As palavras de Nhambi, numa voz ora suave ora dura, rápida ou pausada, pareciam vir dos pesadelos da noite anterior. Nada lhe diziam de novo, servindo apenas para confirmar os seus receios.

O rei anda abalado, magro e doente. A sua esposa mais querida fora acusada por todos os curandeiros do reino de ter enfeitiçado a rainha para ocupar o lugar desta, depois do abandono do lar. Por essa mesma razão foi condenada à morte e enterrada num lugar secreto, longe do acesso da família. Do Mwando? Nem sequer se fala. Quem é ele para figurar na lista das preocupações reais? Algumas pessoas tentaram levantar a questão do seu desaparecimento na noite do sinistro. A justificação foi a seguinte: é um renegado. Esteve em Mambone ao serviço dos Ndaus para a recolha de informações, foi descoberto e perseguido, mas afortunadamente conseguiu fugir às mãos da justiça. Quanto aos pais dele e outros familiares diretos, corriam o perigo de serem deportados para o xibalo.

No decurso do relato, Mwando arregalava os olhos arrependidos, arrepiados, chocados. Ficara tão petrificado que até o cérebro perdeu o movimento. Largou um suspiro de angústia, falando em voz baixa.

— Fui demasiado longe com a minha ousadia. Sou o principal culpado de tantas desgraças: gente morta, perseguições, convulsões. Se soubesses como estou arrependido.

— Arrependido? É nojento!

Nhambi fez uma carantonha de nojo, visível no rendilhado de luz tecido pelo luar na copa da goiabeira, lançando um jato de saliva — sinal máximo de desprezo —, que desembocou na areia, entre as pernas acocoradas do seu interlocutor.

— O arrependimento nas mulheres é tolerável, mas nos homens, condenável. Por que julgas que Deus deu inteligência aos seres humanos? É para pensar antes de agir e não agir e depois pensar, como fazem as mulheres e as crianças. É nojento. Eu costumo vomitar no rosto dos arrependidos.

— A razão está do teu lado, Nhambi, meu mais que irmão. O erro já está feito. O que devo fazer para sair desta situação? Estou desesperado.

— És bem pior que uma mulher. Já reparaste nas bananeiras? Morrem de parto, orgulhosas dos seus atos. Como homem que se preza, enterra-te com orgulho no coval aberto pelas tuas próprias mãos.

— Fui louco. Como as ovelhinhas corri nos prados de olhos vendados e caí no fosso. Estou perdido.

— Mwando, meu mais que irmão, tenho para contigo uma antiga dívida de gratidão, desde os tempos de infância. Salvaste-me a vida, matando a jiboia que me ia atacar, quando estávamos nos ritos de iniciação, lembras-te? Agora escuta: eu e os meus dois companheiros estamos aqui numa missão especial: matar-te! Preciso de silenciar-te para ganhar os louvores do rei. Tens a noite inteira para decidir a tua sorte, porque ao nascer do sol será demasiado tarde.

A vegetação tremia nos olhos do Mwando, que tropeçava nos arbustos, caindo, levantando-se. A anestesia da sura volatilizara-se, e, extralúcido, caminhava em passos largos fugindo da morte. Chegou a casa com os músculos tesos, gelados, cadavéricos, e os olhos embaciados de amargura.

* * *

— Amor, não comeste nada todo o dia, voltas tarde, o teu rosto parece embriagado, louco, transtornado. Qual a razão deste tormento?

— As notícias que me chegam de Mambone são assustadoras, Sarnau. Estamos a ser perseguidos, a minha vida corre perigo. O rei enviou os seus homens para matar-me e levar-te de volta. A Phati foi morta, e a minha família está numa situação crítica.

— A Phati foi culpada em grande medida, mas não merecia a morte. Ela sabia muito bem que intrometer-se na vida da rainha é coisa que dá muito azar. Foi tudo por causa dos ciúmes desmedidos.

— Grande rainha que tu eras. Pobre de mim que me deixei apaixonar pelos teus títulos de nobreza. Sarnau, és a mais miserável das criaturas. Agora olho para ti com os olhos desanuviados. Não encontro em ti beleza nem encantos. O que vi eu em ti?

— Mwando, juraste-me amor eterno.

— Foi apenas um pesadelo do qual despertei. Satisfazia em ti o orgulho másculo de dormir com a mulher do soberano. Agora acabou-se. És uma camponesa tão rústica como todas as demais. Regressa a Mambone, ainda és a mulher do rei.

— Mwando, tu queres que eu volte para a morte, tu matas-me, eu amo-te, fizemos juntos um filho, não me deixes, senão morro!

— Não morrerás, não. Se esse filho é meu por que não o trouxeste contigo? Foi tudo uma invenção tua para complicar-me. Entre nós está tudo acabado, a minha vida corre perigo, adeus, Sarnau.

Colocou o casaco nos ombros, ofereceu-me as costas, as corujas cantavam no escuro. Corri atrás dele, agarrei-o, debati-me como uma fera e ele deu-me um violento golpe na nuca que me deixou inconsciente. Quando voltei a mim, ouvia-se a música do amanhecer.

Corri desvairada ao encontro dos ventos marítimos; mergulhei nas águas furiosas na tentativa desesperada de encontrar não sei o quê que dissesse algo sobre o meu amor. A praia estava repleta de gente. Os pescadores reparavam as redes à frescura do vento. As mulheres, absortas, estavam entretidas na apanha dos caranguejos. As crianças divertiam-se fazendo buracos no chão à procura das amêijoas inofensivas, eu gritava, eu chorava, ninguém me acudia e cada um estava encarcerado no seu mundo.

Ó ondas do mar, não viram o meu amor? Verdes palmeiras, aves do céu, peixes, caranguejos, barcos acostados, por onde anda o meu amor? As águas não me responderam continuando o seu marulhar maravilhoso. Por alguns instantes as palmeiras interromperam a dança para recomeçá-la ainda mais elegante, mais genial. Os caranguejos apavorados corriam em todas as direções despistando os seus captores. Os homens continuavam absortos, ninguém me via, ninguém me ligava e eu sofria sozinha. O sol da manhã foi mais amigo, espalhando a minha imagem nas águas em rebuliço, mostrando bem transparente a desgraça que era o meu fardo.

Sem rumo, caminhei pela praia acabando por tranquilizar-me. Sentei-me na branca areia do mar, deixando a mente vaguear, recuando até aos tempos da infância. Quando tinha doze anos, sofri uma desgraça. Na travessia do rio Save, o barco em que navegávamos desequilibrou-se no temporal, virou-se, e fui salva por um desconhecido que me arrastou até à margem. Quando já estava em terra, olhei para o rio assassino e tudo tinha desaparecido. Não havia sinais do barco nem das pessoas. Foi assim que perdi as minhas duas mães mais novas e três irmãozinhos queridos. Eis-me de novo perante um naufrágio: os meus filhos, meus pais, amigos e família, tudo ficou sepultado do outro lado do mar, e sou a única sobrevivente. Choro tanto, sofro tanto, mas tenho que esquecer, esquecer, mais uma vez tenho que esquecer.

Mas por que tanta desgraça só para mim, por quê? Mwando: julguei que amavas e amaste-me; talvez um dia, talvez um instante ou mesmo nunca. Foste para mim um sonho, um ventinho que sopra, uma nuvem densa que esconde o brilho das estrelas, que não se apalpa. És vida, angústia, pesadelo e algo mais que a minha própria vida. És a voz que soa nas trevas; és o vento que se perde no horizonte; és a nuvem negra que vem com as tempestades, Mwando, tu és nuvem, nuvem, nuvem!

15.

A sirene do navio uivou, quebrando o silêncio submerso nas águas escuras da baía do Espírito Santo.

Homens e mulheres, jovens e robustos entravam no navio, vencidos, cabisbaixos, com olhos vermelhos de tanto chorar, meio mortos de tanto se arrastar, enxotados pelos seus caçadores, enquanto o chicote silvava no ar, lambendo as costas esfarrapadas que se abriam em chagas sangrentas.

A canção saía-lhes da alma torturada, num adeus à vida, à terra natal, às esposas, aos filhos, à brisa do mar, às palmeiras, aos pássaros e àquele sol que os confortara.

Em passos lentos desciam ao porão sem luz, como quem vai a enterrar no estreito coval da sua última morada.

As gentes que passavam pelo porto, deparando com o cenário macabro, paravam um minuto, derramando a última lágrima em homenagem aos deportados. As mulheres ora agitavam as mãos em gesto de adeus ora esfregavam os olhos turvos com a ponta da capulana, lançando gritos histéricos, inúteis, insignificantes.

Não longe dali, na branca areia do mar, crianças de tanga e de tronco nu por um instante suspenderam a brincadeira, regressando despreocupadas à bola de trapos, indiferentes ao cenário que se lhes apresentava à vista. Tinham assistido àquela cena vezes sem conta e já não lhes fazia diferença.

A sirene apitou de novo. Pretos de mãos duras levantaram a âncora. O colono gritou uma série de besteiras. O navio zarpou redemoinhando as águas turvas.

A melodia cessa. No porão erguem-se gritos de protesto das gargantas dos condenados, clamando por Deus, condenando a Deus, clamando pelos seus defuntos, injuriando os defuntos, à medida que o navio avançava nas águas do Índico.

Muito depressa compreenderam a inutilidade dos seus gritos e protestos. Sabiam-se perdidos para sempre. Pairou um silêncio de morte. Em todas as mentes reinava o desespero e o terror. Iam a caminho de Angola, terra de degredo, da cana, do cacau e do café. Alguns deles eram condenados por crimes graves; outros por caprichos sem fundamento e mais outros simplesmente porque eram negros.

O navio vogava nas águas sem fim. O mar tornou-se bravo, o frio brincava nos corpos seminus e os negros já apertados no pequeno espaço aconchegavam-se ainda mais à procura de calor. Lá fora escutava-se a música do vento. O navio ensaiou passos da dança e, com toda a fúria, entrou na valsa frenética da tempestade, fazendo par às tenebrosas ondas que ora o enlaçavam pelas ancas ora o enrodilhavam completamente num abraço macabro.

Os negros entraram em pânico, alguns deles nunca tinham viajado no mar. Os corpos, já torturados e caquéticos pela escassez de alimentos, enfraqueceram ainda mais com os vómitos desmesurados provocados pela fúria do mar.

O vento acelerava a música e, no interior do barco, pessoas e coisas eram atiradas de um lado para o outro acompanhando os passos da frenética dança. Julgaram chegado o fim do mundo. Em vozes belas e suaves, os condenados entoaram a canção de despedida à vida, clamando pelos muzimos no fundo da terra e do mar, fazendo coro à sinfonia da valsa do diabo.

Adeus, adeus, meus irmãos.
Talvez nos encontremos no céu.

Um vagalhão enorme atacou furiosamente o barco e as vozes suspenderam-se no ar, atentas à fúria tenebrosa do mar. Por instantes as águas serenaram e as vozes reanimaram-se devagarinho.

Adeus, adeus, meus irmãos.
Peço a Deus que me ajude.
Em terras desconhecidas vou morrer.

Os dias passavam lentamente, o barco ganhava distância, os condenados afastavam-se cada vez mais da terra que os parira: uns dormem, outros sonham e divagam. As mentes são povoadas de pesadelos. Outras vozes quebram o silêncio.

— Não sei por que é que fui preso. Passava na minha frente uma senhora branca. Eu parei para dar-lhe caminho. O marido que vinha atrás esbofeteou-me, acusando-me de estar a apreciar a sua mulher. Fui levado para a esquadra, espancado e condenado à deportação e aqui estou a caminho do degredo.

A conversa generaliza-se na noite, o mar tornava-se brando. Via-se um pedaço de lua pelos respiradouros. Devia ser romântico contemplar o reflexo da lua e das estrelas nas águas escuras. Depois de tanto silêncio, Mwando abriu o seu coração e, de lágrimas nos olhos, contou o seu episódio.

— Foi por causa de uma mulher. Entendi-me com ela. Era evidente que se tratava de uma mulher da vida, pois recebia mais homens além de mim. Ela tratava-me bem, eu estava desempregado e alimentava-me. Um sipaio, que era o seu chulo, não gostou. Andou a fazer emboscadas e tramou-me. Levou-me à esquadra, apresentou-me como um ladrão e ainda por cima disse que violei a esposa. Defendi-me com bom português. Mandaram-me fazer uma declaração, o que fiz com boa caligrafia que até enfureceu o branco da esquadra. Exigiram-me a caderneta de indígena. Apresentei somente a caderneta sem os carimbos necessários e o sipaio zombou de mim. "Fala bom português e não tem documento? Dorme com a mulher de sipaio e não paga imposto? Amigo, sabe bem escrever, mas agora vai ver, saber escrever sem documento não é nada." Levaram-me para uma sala escura, maltrataram-me e condenaram-me à deportação.

Ficou silencioso e o rosto derramava um líquido viscoso como um melão ferido. Todos pensaram que era por causa da condenação, mas não só. Recordava-se da Sarnau.

A noite permaneceu relativamente calma. Pela madrugada o temporal recomeçou com a água penetrando por todos os espaços. O colono gritava ordens para todos os lados.

— O carvão, retirem o carvão do porão, rápido, seus lesmas.

O navio balançava com ameaças de afundar. Os capatazes desceram ao porão e, por sua vez, lançaram outros gritos.

— Eh cães, zarpem daí depressa que o porão está a inundar-se, pretos de carvão.

Os pretos gritavam para outros pretos como se pretos não fossem. O escravo liberto torna-se tirano. O homem alcança as alturas cavalgando nos ombros dos outros. A galinha no poleiro caga despreocupada para as que estão embaixo ignorando que no próximo pôr do sol a situação pode inverter-se. A força de um mede-se pela fraqueza do outro. Um irmão mata outro irmão para demonstrar a sua força ou sobrepor-se-lhe. Em todas as gerações há exemplos de indivíduos que dizimam outros para assegurar o poder. Os capatazes pretos empurravam os pretos, obrigando-os a subir a escadaria para a proa do navio.

Os prisioneiros puderam saudar a natureza depois de muitos dias de escuridão, assistir à fúria das águas, o céu negro coberto de nuvens e sentir o corpo a ser violentamente massajado pela força dos ventos.

A manhã substituiu a madrugada. As nuvens cobriam ligeiramente o céu. A fúria dos deuses acalmou, os corpos tiritavam de frio, a chuva caía miudinha. O majestoso arco-íris fez a sua aparição anunciando o fim do dilúvio.

A natureza é bela, ruim, maravilhosa, caprichosa e complexa. Os homens arregalaram os olhos de espanto perante o cenário que ela lhes oferecia: o reflexo do arco-íris numa manhã de chuviscos no alto-mar. Metade do arco estampado no céu e a outra metade mergulhada até às profundezas do oceano, formando um arco enorme, redondo, completo. A parte refletida na água ganhava um colorido diferente, intenso, esplêndido, maravilhoso!

Voltaram ao porão e esvaziaram-no de água, permanecendo naquele lugar húmido e malcheiroso.

— Terra à vista.

— Terra!

Os homens na proa gritavam, saltavam, saudando o fim da viagem. No porão ouviam-se explosões de fogo de artifício e garrafas de champanhe, em saudação à terra. Os sobreviventes espreitavam excitados pelos respiradouros. Conseguiram distinguir os contornos das palmeiras e a pouco e pouco foram divisando os telhados vermelhos dos favos brancos. Dezenas de curiosos aguardavam a chegada do navio, para assistir ao desembarque dos condenados. Já em terra, os colonos cumprimentaram-se com abraços exagerados.

Os condenados, alinhados numa longa fila, caminharam para os calabouços mais mortos que vivos. As mulheres, de cabeça baixa, pediam ao chão que se abrisse a seus pés, para engolir a vergonha e a humilhação de se exibirem em público com as saias e as pernas empapadas de sangue mênstruo. Foi-lhes concedida uma semana de repouso, restabelecimento e, mais tarde, conduzidos aos acampamentos onde deveriam cumprir a pena de trabalho forçado. Às mulheres foram destinados os campos de tabaco, tarefa ligeira apenas na aparência. Os homens foram enviados para os canaviais e os mais fortes para a destronca e abertura de novos campos.

16.

Era ainda madrugada quando os condenados escolhidos para a destronca alcançaram o seu posto. Receberam o material de trabalho, escutaram as normas que saíam aos gritos das gargantas dos capatazes pretos e caminharam para a zona de destronca com gestos mortos e silenciosos. A terra natal perdera-se na distância e os olhos arregalavam-se na descoberta de novas paisagens. Desorientados, exaltaram o sol que parecia nascer do Sul com arrebóis de glória, espalhando uma luz escassa que perfurava o ramalhado denso da floresta inviolada. A conversa morrera-lhes na garganta e os corpos tremiam com arrepios de medo. Uns suspiravam, outros choravam e rezavam. A floresta era tão bela e tão medonha que pareciam residir nela os antepassados de todos os deuses. Era um paraíso verde. As canções dos pássaros eram de paz, e os silvos das serpentes de júbilo. O pio dos mochos era a canção de embalar dos deuses da floresta, a felicidade era verdadeira, eterna. Os macacos bailavam nas lianas suspensas nas copas das árvores, e as águas corriam serenas formando riachos musicais com a presença das rãs.

Abriram uma clareira dentro da mata e montaram o primeiro acampamento, o sol já estava no horizonte. A noite caiu, assombrada. Os condenados não tinham guardas nem capatazes. Para quê? A natureza encarregava-se de fazer a guarnição. Quem tentasse fugir não escaparia de se tornar manjar das hienas e leões, ou das picadas traiçoeiras dos ofídeos. A morte residia na sombra de cada arbusto e jogava às escondidas com os seres humanos.

Os residentes da floresta prepararam uma receção calorosa para os novos vizinhos. Os macacos, as cobras, os morcegos, as hienas aproximaram-se do acampamento, farejaram, uivaram, silvaram e choraram, numa saudação de boas-vindas aos recém-chegados.

Os reis da selva não gostaram dos intrometidos, lançando rugidos ensurdecedores que faziam eco nas copas das árvores com uma fúria capaz de despertar as almas há muito sepultadas, num ato de protesto e resistência à penetração bárbara dos invasores.

Por sua vez, os mochos e as corujas foram saudar os novos habitantes, oferecendo o mais belo das suas vozes, num gesto nobre, altruísta. Pobres bichos indesejáveis, se soubessem o pânico que estavam a criar!

Quando os leões e as hienas ameaçaram, os homens empunharam as catanas dispostos a vender caro a sua vida, mas quando os mochos e as corujas cantaram, as esperanças dos homens desapareceram, os braços e as pernas caíram vencidos. Os animais agoureiros não mentem. Quando piam é porque é chegado o momento supremo. Desesperados clamaram pelos vivos e pelos mortos que ficaram nas terras distantes. Alguns tentaram fugir da morte na densa escuridão da noite, mas foram precisamente ao encontro dela. Não escaparam à vingança dos leões que apenas deixaram os ossos e as vísceras. Os que preferiram aguardar a morte tiveram mais sorte, pois nessa noite o rei do terror estava em reunião de alto nível com Satanás e a perseguição das vítimas não estava contemplada no plano das prioridades.

Pela manhã a floresta teve o seu batismo de fogo. Os quadrúpedes empreenderam galopes desenfreados, as aves voaram sobre o fogo. Todos tentaram fugir, menos as fêmeas que preferiram morrer calcinadas junto dos seus rebentos. Quem ama de verdade sacrifica-se pelo objeto do seu amor. As árvores amam a terra, não arredaram pé, suportando a tortura, a destruição, protegendo a terra adorada.

A desgraça entrou na floresta. O homem julga-se senhor do mundo. Onde ele põe a mão, tudo é devastado sem razão.

Veio a destronca e a sementeira. Os cafezeiros eram alinhados de uma forma artística e, em pouco tempo, a floresta medonha cedeu lugar a uma roça de um verde bonito, verde-sangue, verde-dinheiro, regado com o suor dos condenados.

As tendas cresciam com a chegada de mais homens. As mãos negras construíam beleza, construíam riqueza. Lá no alto erguiam-se palacetes brancos com tetos vermelhos.

17.

Em Angola há um pedaço de terra adubado de sangue. Por baixo de cada sombra reside o corpo de um preto anónimo, confirmam os mais velhos. Nos últimos anos nasceram novas roças cujas plantas são cruzes toscas pintadas de branco em terra fertilizada de carne humana. A fome, a doença e a tortura eram os viveiros dessas plantas. As febres estranhas que nem o feiticeiro angolano conseguia curar, até aos brancos dizimavam. As cobras, por seu lado, defendiam-se dos invasores com ataques infalíveis.

O sol ultrapassara o meio-dia. Na açucareira, os condenados e contratados cantavam a música do coração, acompanhando o rodopiar do engenho de açúcar e o colono, satisfeito, balançava a mente sobre o ouro que estava a ser transformado pelas mãos negras. Escutava com delícia essa música que o vento espalhava, fazendo dançar os braços do canavial. A canção é a alma do negro. Quando sofre, canta, quando ri, canta, quando trabalha, canta. Até parece que a canção desperta no fundo do ser a força secular de todos os antepassados.

As vozes cantam, o canavial balança, a máquina gira. De repente ouve-se um grito e o trabalho para. Um homem deixou o braço ser arrastado pelas roldanas, puxando-o para a máquina, e... crás! A cabeça esmigalhou-se como um coco.

— Parem! — gritou o colono. — Dois de vocês encarregam-se do homem. Outros limpam a máquina, rápido, tempo é dinheiro!

A lua já brincava no céu sem nuvens, quando os homens rudes de chapéu de palha e calcanhares de matope regressaram ao dormitório. Veio a refeição de fuba que comeram com apetite mesmo ao lado do morto. Depois veio a cachaça. Era todos os dias assim. Em cada noite eram presenteados com um cadáver vitimado por uma cobra, uma máquina, febre, ou pelo calor excessivo das torradeiras de café.

— Depressa, Damião, vai chamar o padre Moçambique e o curandeiro Januário.

A cachaça rodava enquanto aguardavam a chegada dos dirigentes espirituais, velando pelo morto sem uma lágrima nos olhos, contando histórias da terra, da travessia dos mares e das lutas de resistência.

Mwando, o padre Moçambique, chegou trajando a sua batina de pano cru, chapéu de palha e pés descalços, levando a Bíblia na mão esquerda. Logo a seguir chegou também o angolano Januário. Todos se ergueram, tiraram os chapéus curvando-se numa vénia, em saudação aos seus dirigentes.

O padre Moçambique iniciou as orações que repetiam em coro.

— Deus abençoe esta alma. Que durma em paz!

— Ámen!

Mwando leu as orações num latim tão perfeito que nem o melhor pároco, dando mais solenidade ao ato. Apesar do trabalho forçado, encontrou felicidade no degredo. Finalmente conseguira satisfazer a ambição de usar batina branca, batizar, cristianizar. Fazia missas aos domingos e algumas vezes tivera que celebrar casamentos. As suas habilidades eclesiásticas foram aperfeiçoadas nas roças onde as mortes eram muito frequentes. Ele preparava os funerais com muita dignidade e melhor que os verdadeiros padres que por aí andavam. A fama de Mwando correu por todas as sanzalas, e o povo não tardou a apelidá-lo de padre Moçambique. Gente das aldeias distantes vinha procurá-lo. Lógico: os padres de verdade cobravam dinheiro que o povo não tinha. Mwando fazia missas bem jeitosas e só cobrava algumas moedas. Muito depressa os colonos reconheceram nele o homem de que precisavam, o pacificador das revoltas nas roças, com a doutrina do sofrimento na terra e recompensa no céu. Deram-lhe um estatuto diferente e casa independente; tinha amigas em enxame e das boas. Trabalhava pouco nas machambas, ocupando a maior parte do tempo nos rituais da Igreja.

As orações continuam.

— Bendito seja Deus!

— Bendito seja! — os homens repetiam em coro.

Todos se fizeram sérios. As cabeças voavam. Ninguém prestava atenção às palavras do padre que afinal eram sempre as mesmas. Cada um pensava em si, todos acabariam assim. A porta rangeu, abrindo-se. Era o colono.

— Ora, estejam à vontade. Enterrem esse, esta noite. Pela manhã quero todos no trabalho e no fim de semana terão folga, entendido? Vocês são uma raça de feiticeiros do diabo. Enterrem o preto onde quiserem.

Veio a vez do feiticeiro angolano. Queimou os seus preparados que encheram a casa de fumo acre. Invocou os defuntos antigos e recentes. Deu voltas e mais voltas ao cadáver, uivou, gritou no idioma dos mortos. O morto foi envolvido na sua manta e levado a enterrar ao luar, na roça dos crucifixos que era o cemitério dos condenados.

O corpo desceu ao coval estreito e sem geometria, as canções acompanhavam-no, a lua substituía o sol. Benzeram-se dizendo em coro:

— Santíssimo, santíssimo, salve-nos!

O angolano Januário proferiu a sua oração.

— Irmão Agostinho. Partiste finalmente para a Guiné e invejamos-te esta sorte suprema. Neste momento estás entre os teus antepassados que te recebem calorosamente, a quem contarás as tuas mágoas que eles chorarão, dando-te todo o conforto. Disseste-nos ainda em vida: "Quando eu morrer, não chorem por mim. Façam um nó, um juramento de luta por uma vida de esperança". Mas como podemos cantar a vida se também estamos mortos, irmão Agostinho? Nesta noite choramos lágrimas de sangue, por ti, por nós, Agostinho, cada dia tem a sua história, o sol nasce com cores diferentes. A alegria virá um dia, nós sabemos disso.

Januário ajoelhou-se, tirou dois pombos da sacola de trapo e disse:

— Ide; atravessai os montes, os planaltos e os mares do sol poente. Penetrai as terras da Guiné e acompanhai a alma do irmão Agostinho até ao interior da floresta onde residem os seus antepassados. Levai a essas terras a nossa mensagem de dor, informai que o filho querido morreu e não deixa descendentes.

Largou os pombos que voaram no céu cinzento. Aquele ritual singelo comoveu os corações dos homens que choraram silenciosamente lágrimas de prata na noite de prata. O galo e a galinha foram sacrificados e o sangue jorrou sobre a campa. Regressaram a casa, assaram a carne, e, como não podia deixar de ser, o padre e o curandeiro comeram os melhores pedaços. Veio mais cachaça, com danças e tudo, para acompanhar a alma do morto às profundezas da terra. O padre bebia da maior caneca e, quando se embriagava, todos lhe chamavam padre Cachaça, ao que ele respondia, dizendo: "Deus criou a cachaça para esquecer as mágoas".

Falava-se de tudo. Lamentava-se o facto de as mulheres não gostarem de andar naquelas paragens. As que ali apareciam eram velhas, desdentadas. As novas e boas procuravam o dinheiro que ali não havia, o condenado é um miserável, e o que ganhariam elas ao andarem por ali? O padre Cachaça é que era um homem cheio de sorte.

Contou-se a história do cabo-verdiano José que antes de morrer ditou ao colono as últimas vontades. Queria ser enterrado debaixo da figueira como todos os seus antepassados e no dia do funeral não se podia trabalhar para que a sua alma sossegasse. O colono ouviu aquilo, riu-se, dizendo que os fantasmas dos pretos não lhe metiam medo. Foi enterrado na roça dos crucifixos como todos os outros. O fantasma do homem aparecia por todo o lado, e um dia entrou em casa do patrão, partiu toda a loiça e esbofeteou toda a gente. No oitavo dia, o corpo apareceu na porta do patrão, tão fresco como se tivesse acabado de morrer. O colono convenceu-se: o espírito do negro é duro a valer. Foi enterrado de novo debaixo da figueira conforme o seu desejo e houve oito dias de férias para todos, o colono não queria que voltassem a acontecer feitiçarias daquelas.

A cachaça subia. Histórias sucediam-se a outras histórias. Os galos da noite avisaram que era hora de dormir.

Passaram já quinze anos. Mwando já não era o rapazinho de Mambone, mas um homem duro, maduro, com cabelos de prata a espreitar timidamente pelas têmporas. Conseguiu conquistar uma posição invejável, no degredo. Fez uma pequena fortuna, construiu uma barraca de cimento caiada de branco. As mulheres fizeram tudo ao seu alcance para prendê-lo àquela terra e nada. Vendeu tudo o que tinha e regressou à terra natal.

Correram rios de lágrimas na sua despedida. Entrou no navio, e para trás iam ficando as terras de Angola com a sua miséria e as suas tristezas.

Finalmente desembarcou na baía do Espírito Santo. Durante dias vagueou pela cidade de Lourenço Marques para recobrar as forças, pois a viagem fora tormentosa. Mais tarde, tomou outro barco que o levou a Vilanculos. Percorreu as ruelas da cidadezinha e surpreenderam-no as grandes modificações operadas pelos homens nos últimos anos. Procurou a casinha que fora o seu ninho de amor nos momentos felizes que viveu com a Sarnau. Nesse mesmo local tinha sido construído um grande armazém pesqueiro e nem as românticas palmeiras escaparam da ceifa. Perguntou aos mais velhos se por acaso não tinham conhecido uma mulher com o nome de Sarnau. A resposta negativa deixara-o convencido de que ela talvez tivesse regressado à terra natal.

Entrou noutro barco e rumou para Mambone, chegando ao sol do meio-dia. Como um ladrão, procurou a confidência do matagal aguardando a noite, e esta surgiu, cúmplice. Procurou os caminhos mais escuros para atingir a aldeia. Quanto mais se aproximava, mais a expectativa aumentava, o coração apertava, reconstituía e destruía o passado, tentando adivinhar o próximo presente.

Quando os cães ladram incessantemente, aproxima-se um estranho. Nas noites de luar, quando o latido dos cães é mais raivoso é um fantasma que passa, é um feitiço que paira no ar, é mau agoiro.

A velhota estava sentada na fogueira, solitária, meditativa, pois o sono há muito deixara de existir. O marido falecera nos anos da fome, e as filhas casadas tomavam conta dos seus lares. Quiseram levá-la, mas esta recusou, preferindo morrer debaixo do teto legado pelo seu defunto.

O fumo elevava-se pelos ares, moldando uma silhueta que fazia lembrar o filho desaparecido, que fora deportado para terras distantes sem dizer adeus. Os cães ganiam furiosos no quintal, colocando a pobre velha em sobressalto.

— Mau agoiro. Espíritos, protegei-me. Terá morrido alguém? As desgraças aparecem sempre ao abrigo da noite. Escuto passos que se aproximam. Quem será?

As pancadas na porta e a voz masculina pedindo licença aumentaram os receios da velha.

— Sou eu, mãe, o teu primeiro filho.

A velha chorou nos braços do seu rebento feito homem. Iria morrer feliz, os deuses ouviram as suas preces. Só depois de passado o momento da emoção, a velha relatou todos os acontecimentos na família. Mwando chorou muito pela morte do pai. Soube que a Sarnau não era casada, e estava em Lourenço Marques a fazer uma vida desgraçada. Aguardou o nascimento da nova noite, para partir da mesma forma como chegara. Tinha que encontrar Sarnau.

18.

— Cebola bonita, cebola boa, compra, menina bonita, que eu dou bacela.

A luz doirada jorra aos quatro ventos com uma intensidade que promete um dia escaldante. Mulheres com bebés nas costas, cestos na cabeça, esfregando os dentes com pau de mulala, dão voltas, apreciando, apalpando, comprando a gama de produtos expostos no mercado da Mafalala onde ganho o meu pão. Gatos vadios fazem malabarismos nas bancas e são enxotados pelas vendedeiras de peixe. "Amêijoâââ!...", gritam as raparigas abrigadas na sombra das mafurreiras.

Estas manhãs das cidades com ruídos de carros, gritos de máquinas e de homens e todo este buliço de pessoas em formigueiro transtornam-me. Prefiro as manhãs suaves da minha terra com a melodia alegre dos pássaros, levantando voo em gestos de bênção à terra, aos deuses e aos homens. Prefiro o amanhecer dos campos cobertos de orvalho, chapinhando nas águas frias do meu Save, ah, quando recordo a minha terra, lá por dentro algo se quebra, e o coração é coroado com espinhos de micaia.

— Mamana, quanto custa?

— Cinco escudos, compre também a alface, verdinha, tenrinha.

Recolho as moedas. Minha mente regressa ao mercado encharcado de lodo, de saliva de mulala e odores putrefactos, onde ganho a vida vendendo legumes, enxugando as lágrimas, esgotando as últimas forças nos gritos de atração aos compradores, compre também banana, menina bonita.

A vida não me corre mal. Já lá vão os tempos em que vivi de miséria e morte, mas hoje existe em mim bem demarcada a realidade e o sonho. Mas para que recordar isso agora? Passaram já dezasseis anos que o Mwando me abandonou e talvez já tenha morrido. Tudo fiz para que ele regressasse. Os melhores curandeiros fizeram tudo ao seu alcance tentando produzir o milagre do regresso, e nada. Acredito que foi tudo obra dos maus espíritos, que é o sangue da Phati que clamava por vingança. Todos os curandeiros foram unânimes em afirmar que os meus espíritos e os do Mwando estão em pé de guerra lá no fundo da terra e por essa razão recusaram sempre a nossa união. O Mwando era um homem majestoso, mas tinha aquela cortina de mistério que nunca consegui desvendar. Não quero mais saber dele, mas guardo doces recordações do tempo dos sonhos.

— Mãe, já vendi todas as amêijoas.

Poiso os olhos no rostinho bonito da minha filha, a minha Phati, de corpinho elegante e sorriso de sol. Quando Mwando me abandonou, já esta criatura se hospedava no meu ventre. Nessa altura saí de Vilanculos para Lourenço Marques, fixando-me nesta triste Mafalala. Primeiro empreguei-me como criada numa casa de comerciantes indianos. Dormia no armazém de carvão onde também dormiam os cães. Foi nesse ambiente que a criança nasceu, saudável mas raquítica. Dei-lhe o nome de Chivite, para marcar a angústia que me torturava.

A criança viveu bem nos primeiros dias mas quando chegou ao segundo mês, foi acometida por doenças estranhas, e cada dia que passava a situação piorava. No terceiro mês já não chorava, não comia, e o coração batia cada vez menos. Passei noites de lágrimas: o fogo da vida apagava-se e eu não tinha dinheiro para ir ao hospital. Numa dessas noites parti desesperada para casa de uma curandeira e esta acudiu-me prontamente. Expliquei-lhe o que se passava. A velha entrou em ação trajando-se de conveniência com panos e relíquias sagradas. Entrou em transe e, aos gritos, invocou os espíritos do pai e da mãe. Escutou os oráculos e disse-me:

— Minha filha, há um espírito maligno que te persegue, que está apostado em destruir toda a tua felicidade. De momento é este filho, amanhã serão os outros. Vais enterrá-los um por um com as tuas próprias mãos. É preciso resolver o problema.

— Mas que solução? — perguntei eu.

— Faça um sacrifício, uma oferenda, para que este espírito não mais te persiga. Tente recordar, de todas as pessoas da tua família já falecidas, ou algum dos teus conviventes já falecidos, qual deles te queria mal.

— É a Phati, é a Phati, a quinta esposa do meu marido, que foi morta recentemente.

A velha recuou no tempo. Falou com os mortos durante tempos intermináveis, e a criança apagava-se cada vez mais. Quando voltou a si, disse-me que a criança devia ter o nome desse espírito maligno, pois o que se passava, na realidade, é que esse defunto não aguentava a vida nas profundezas, porque sofria muito pelos males que causara em vida.

A solução não me agradou nada, mas eu estava impotente, não podia recusar o sacrifício, pois tratava-se da vida da minha filha. Abanei a cabeça em gesto de concordância. Então a velha pegou na criança e erguendo-a pelos ares proferiu a prece da ressurreição:

— Acorda, Phati, sai do túmulo para o reino do sol, mais límpida e mais inocente que todos os anjos. Que os feiticeiros se afastem e a lua te proteja, Phati, regresse ao reino do sol.

Preparou algumas infusões que a criança tomou, e decorreram horas amargas sem que esta desse sinais de melhorias. O sono veio abraçar-me libertando-me da ânsia e desespero.

— Kenguelekezêêê!...

Acordei em sobressalto. Era o galo a saudar o sol. Na frescura do amanhecer, a canção também acordou a criança que desatou a chorar. Peguei-lhe carinhosamente, colocando-a no seio que sugou com um apetite invulgar.

A partir desse dia comecei a amar a Phati. Por todo o lado procuro a beleza do seu rosto desaparecido. Nas noites de solidão revolvo as profundezas da terra e apenas encontro os ossos e o sorriso eterno da sua caveira. Onde antes se alojavam os músculos esbeltos e as pupilas negras que tanto enlouqueceram o meu marido, encontro apenas ninhos de vermes e terra úmida. Que triste é a morte. Por que odiava eu a Phati? Ela era minha irmã mais nova, amou o marido e lutou pelo objeto do seu amor da mesma forma que eu abandonei tudo à procura desse mesmo amor. Felizmente ela renasceu de mim, é a minha deusa, minha protetora, construí-lhe um santuário mesmo atrás da minha barraca, ela protege-me e não tenho razão de queixa, a vida não me corre mal, compre o tomate, mãe do bebé, tomate vermelhinho, fresquinho!

— Mãe, está quase na hora da escola.

— Vai. Diz ao João para acabar de torrar o amendoim e trazê-lo aqui para eu vender.

Sou tão feliz com os meus dois filhinhos. O Joãozinho também não tem pai. O homem soube encher-me a barriga para abandonar-me logo em seguida. O pai afasta-o da sua mesa, não o deixa conviver com os outros irmãos, diz que é por ele ser casado e para mais não fica bem a um cristão dar a entender que tem filhos por aí. Mwando também é cristão, mas abandonou-me com uma criança no ventre. Ser cristão é uma coisa, mas a perversão e o afastamento dos deveres paternais porque se é cristão, é coisa que ainda não entendo bem. A poligamia tem todos os males, lá isso é verdade, as mulheres disputam pela posse do homem, matam-se, enfeitiçam-se, não chegam a conhecer o prazer do amor, mas tem uma coisa maravilhosa: não há filhos bastardos nem crianças sozinhas na rua. Todos têm um nome, um lar, uma família. Não há nada mais belo neste mundo que um lar para cada criança. Por um lado, prefiro a poligamia, mas não, a poligamia é amarga. Ter o marido por turnos dormindo aqui e ali, noite lá, outra acolá, e, quando chega o meio-dia e prova a comida da mulher de quem não gosta diz logo que não tem sal, que não tem gosto. Quando à noite a mulher reclama, diz que a cama cheira a urina de bebé, e lá se vai furtando aos seus deveres. Com a poligamia, com a monogamia ou mesmo solitária, a vida da mulher é sempre dura.

— Compre batata, que eu dou bacela!

Gritos de vendedeiras beijam-se em todos os ângulos, no compasso das melodias, embalando a marcha do sol, e assim escoa-se o dia, amanhã será outro dia, boa tarde, sol!

— Compre couve, papai.

— Peixe fresquinho, magumbâââ!...

— Amêijoâââ!...

Uma fadiga intensa abraça-me as carnes e as suas carícias penetram-me até aos ossos. O sol já se põe, em breve saudarei a noite, beijarei a lua, mergulharei na escuridão da paz, no silêncio da paz.

19.

Uma forte rajada sopra do leste carregando nuvens densas, a chuva vai regar a terra, as árvores vestir-se-ão de um verde novo. Recolho os meus haveres e caminho rápido em direção ao meu abrigo. As nuvens desabam em pepitas grossas encharcando tudo. As águas satisfeitas correm tranquilas pelas ruelas de terra negra formando lodoçais, mas que mudança tão repentina. O céu rasga-se em violentos clarões em toda a extensão da abóbada. Sinto o cheiro da areia molhada e recordo a minha terra em dias de temporal com gritos em todas as gargantas saudando o deus das chuvas, espelhando-se em todos os rostos sorrisos de esperança.

Caminho célere. O homem fugindo da chuva dá passos em falso e derruba-me; o cesto desequilibra-se, cai, espalhando o tomate nas águas conspurcadas.

— Meu senhor, esta é toda a minha fortuna. Tem que pagar-me por este prejuízo.

O homem curva o tronco, apanha o tomate enquanto pronuncia o pedido de perdão numa voz que me pareceu familiar. Olho para ele de esguelha. Faz-me lembrar alguém, que não sei quem. O homem entrega-me o cesto, recebo-o furiosa, sem dignar-me a olhar para o seu rosto, e apresso o passo. A chuva cai com maior intensidade. O homem segura-me o braço.

— Sarnau!

Assustei-me, olhei e reconheci-o. Mwando, é ele mesmo, mas que barriga enorme ele tem. É ele mesmo, o meu amor perdido. Senti-me transtornada, enlouquecida, com desejo de morrer e viver. É ele mesmo, não há dúvida que é o homem da minha desgraça, valha-me Deus!

A chuva cai furiosa; o ribombar dos trovões intensifica-se; abrem-se novos clarões.

— Sarnau!

— Mwando!

Apertou-me com o mesmo calor de outrora, sorriu-me com o mesmo sorriso de outrora, murmurou-me como murmuravam as ondas do rio Save.

As águas correm tranquilas sobre o leito negro do Save beijando as pernas dos caniços; os pássaros batem as asas, os bambus bamboleiam, os gala-galas sobem e descem dos imbondeiros, e eu estou aqui com um nó que me estrangula, sofrendo de surpresa louca, de angústia infinda, acuda-me, meu Deus, não aguento, vou morrer!

— Sarnau, passei a vida a procurar-te. Compreendi que é impossível viver sem ti.

— Não podes viver sem mim? E se não tivesse nascido?

— Mas nasceste, nasceste, Sarnau! Agora que te encontrei não te deixarei jamais. Fui louco em abandonar-te, perdoa-me, Sarnau.

Senti o seu bafo acendendo-me pelo pescoço, o mesmo hálito que conheci há tantos anos passados, o mesmo sorriso, a mesma voz e o mesmo olhar sereno. Só a saudade era mais louca, mais ardente, insuportável!

— Eu quero-te, Sarnau.

Já não me abraçava, os nossos corpos estavam separados a uma distância considerável, mas sentia-lhe o bombar rápido do coração transmitindo uma mensagem só para dois. Aconteceu um milagre: a chuva parou, os clarões apagaram-se, as casas sumiram-se, as pessoas desapareceram, e o mundo só éramos nós dois.

— Mwando, tu és o meu sol, meu pão, meu paraíso e eu quero-te mais do que nunca, quero-te, quero-te, quero-te.

— Vem, Sarnau, preciso de falar-te.

— Sim, eu irei contigo, mas antes diz que me amas com todo o coração nem que seja por um só minuto.

— Já não acreditas em mim e tens razão, Sarnau. Eu amo-te por tudo o que há de mais sagrado neste mundo. Só depois de errar pela vida é que descobri que o teu amor foi o único e verdadeiro que iluminou a escuridão da minha vida. Vem, Sarnau.

— Já estou velha, Mwando.

— Para mim ainda não envelheceste. És ainda um cajueirozito em flor tal como naquela tarde em que te dei o primeiro beijo.

— Irei contigo, mas antes paga-me.

— Pagar-te o quê? Já não me amas?

— Amo-te sim, mas antes paga-me. Paga-me, Mwando, paga-me.

— Incrível, prostituíste-te, Sarnau, os homens fizeram-te puta.

— E tu o que fizeste de mim? Amaste-me como nunca se amou uma mulher. Raptaste-me, mas não pagaste o meu resgate. A minha virgindade consumiste-a e nem agradeceste à minha defunta protetora, não lhe ofereceste os cem escudos, o rapé e o pano vermelho, mas tudo aceitei porque te amava, agora acabou-se, Mwando, paga-me, eu odeio-te.

As águas do Save correm tranquilas. Foram elas que lavaram o sangue da minha inocência. As águas do Save são testemunhas da loucura que tive por este homem. As algas, os peixes, os caniços, as ervas, os lagartos, as árvores e o céu azul, tudo viram. Mas as águas do rio, não. As que me viram já correram e talvez se encontrem no fundo do mar. As algas e os peixes também não. As algas foram comidas pelos peixes, os peixes foram para os estômagos das pessoas e estas já defecaram por aí. Os caniços e as ervas já morreram, os pássaros e lagartos deram a vida a outros pássaros e lagartos e os que agora existem são os tetranetos ou trinetos das minhas testemunhas, ai de mim, do meu passado já nada resta senão este fardo e esta angústia que transporto. Mas resta alguma coisa, sim. As árvores e o céu azul. Não estou assim tão perdida.

Mwando arrasta-me com o seu braço forte, meus pés caminham cegos, vacilantes, todo o meu corpo freme de desejo, de amor, de angústia, toda eu respondo no tumulto do sim, minha alma grita bem alto que não, paga-me, quero o meu preço, o meu resgate, a minha honra. No meu ser trava-se a batalha mortal do sim e do não e não sei quem sairá vencedor.

Os músculos do Mwando derrubam-me, os seus braços maltratam-me, arranham-me, despem-me, o seu ventre cai sobre o meu desfazendo-se como um balãozinho que se esvazia. Beijou-me na boca, ai, Mwando, há quanto tempo não sentia o sal da tua boca!

Sussurro agonizada, meus lábios carnudos movem-se, a voz toca os seus acordes e a alma reclama.

— Mwando, paga-me, paga-me, paga-me!

— Sarnau, minha Sarnau, os homens fizeram-te puta.

— Tu fizeste mais do que todos os outros. Raptaste-me do meu mundo e traíste-me. Lutei sozinha, juntei dinheiro para comprar as trinta e seis vacas do meu lobolo e devolver ao Nguila, meu primeiro marido.

— Pobre querida. Fui culpado de todo o teu sofrimento.

— Deixa-me dizer-te. Percorri mundos, fui usada e abusada, meu sexo era máquina de fabricar dinheiro.

Apanhei doenças vergonhosas, olha, já não tenho um ovário, cortaram lá no hospital, pois estava todo podre de porcaria. Repara bem nas minhas coxas: minhas belas tatuagens confundem-se com as cicatrizes de uma doença complicada que apanhei por aí. Como vivo eu agora? Vendo no mercado, vendendo também o coração, as lágrimas, e tudo o que tinha de mais sagrado já vendi para sobreviver.

— Não chores, Sarnau, que assim vou chorar também. Vamos, conta-me todo o teu sofrimento que não foi mais pequeno do que o meu. Eu também sofri muito. Depois da nossa separação, liguei-me a uma mulher que me traiu. Disse-me que não era casada quando afinal era mulher de um sipaio. Fui deportado para Angola, e só voltei no mês passado. Consumi toda a minha vida a plantar cana e café e, em cada planta, há uma lágrima que derramei por ti. Tu foste a única felicidade em todo o decurso da minha trajetória. Não tenho nem mulher nem filhos, Sarnau.

— Tens filhos, sim, que nasceram deste meu ventre. Quando partiste incubava a pequena Phati que vai agora completar quinze anos. Em Mambone ficou o Zucula, que agora é um homem e foi coroado rei, com a doença do pai. Tenho mais um filho, o João, e o pai desse perdeu-se pelo mundo fora. As minhas gémeas casaram-se lá em Mambone.

— É mesmo verdade o que me dizes, Sarnau? Tenho dois filhos, eu?

— Tão verdade como eu estar aqui ao teu lado.

— Como foi possível que eu tenha sido tão cruel? Como é que conseguiste sobreviver de tanto sofrimento, minha Sarnau? O meu filho está em mãos alheias e foi coroado rei da minha terra. O meu filho é rico, alegre, feliz, enquanto eu, o verdadeiro pai, vivo na maior miséria de todos os tempos.

— Ignora tudo, esquece tudo, e colhe os espinhos que as tuas mãos semearam.

— Sarnau, perdoa-me.

Mwando chorava, eu chorava, estávamos frente a frente fazendo o trágico balanço de uma existência miserável.

— Sarnau, dá-me uma oportunidade para reparar todos os meus erros. Dá-me um pouco de felicidade nos anos que ainda me restam para viver.

— Eu te darei tudo, mas antes paga-me, quero o preço da minha honra.

— Pagarei. Quanto custa? Qual é o preço da tua honra?

— Vinte e quatro casamentos.

— O quê? Não compreendo.

— Compreendes, sim. O meu valor subiu muito, tenho o preço de vinte e quatro casamentos, agora.

— Continuas a mesma brincalhona de há tantos anos passados.

— Não brinco, não. Esse é o meu verdadeiro preço, o preço da minha honra. O meu lobolo foi com trinta e seis vacas novas e virgens. Com as vacas do meu lobolo, os meus dois irmãos casaram seis mulheres. Os irmãos das minhas seis cunhadas usaram o mesmo gado para casarem as suas esposas, e por aí adiante. Só as vacas do meu lobolo fizeram outros vinte e quatro lobolos. Tiraste-me do lar, abandonaste-me, tive que lutar sozinha para devolver as trinta e seis vacas, pois se não o fizesse, todas seriam recolhidas em cada família, o que significa vinte e quatro divórcios. Fiz o impossível e consegui resolver o problema. Ainda me queres? Paga-me, quero o preço da minha honra.

— Sarnau, perdoa-me.

— Já conheces o preço do teu perdão.

— O que me exiges é impossível, sou um homem miserável. O pouco dinheiro que tive, gastei-o na viagem de regresso. Acabas de dizer-me que o problema está resolvido, que o rei concedeu-te o perdão e, no teu lugar, ficou a tua irmã Rindau.

— Sim, o problema está resolvido, o meu marido casou-se com a minha irmã e são tão felizes como nunca imaginei que pudesse acontecer.

— Sarnau, tem piedade de mim. Deus deu-me já o castigo merecido. Pelos nossos filhos, imploro-te perdão, Sarnau.

— Tu foste para mim vida, angústia, pesadelo. Cantei para ti baladas de amor ao vento. Eras para mim o mar e eu o teu sal. Nunca encontrei os teus olhos nos momentos de aflição. No abismo, não encontrei a tua mão. O meu preço é para ti inacessível?

— ...!

— Quero dizer-te adeus. No peito guardarei apenas as cinzas do nosso amor.

Levantei-me. Sentei-me. Alguma coisa que não sei o que é prendia-me ali. Num impulso inexplicável ergui-me de novo e larguei a correr nos labirintos sinuosos da Mafalala. À distância ouvia passos em perseguição furiosa e uma voz chamando por mim, mas disse não e desapareci na escuridão.

20.

Mergulhei na escuridão da paz com a minha alma em guerra. Escondi o rosto às crianças simulando uma diarreia e dor de cabeça que não tinha. Enrolei a cabeça na manta de algodão abafando os soluços. Sentia-me vencida, torturada, as crianças conversavam e riam, as cicatrizes antigas foram revolvidas, sangram, doem-me, o fogo do amor consome-me como há dezasseis anos passados, amo loucamente esse homem que transformou a minha vida numa verdadeira desgraça.

A chuva cai melodiosa sobre o telhado de zinco; o vento assobia tocando os acordes das árvores, das palhotas, dos caniços e tudo gira, dança, balança ao ritmo do vendaval. Entre a música da tempestade escuto três pancadas na porta do quintal. Sento-me num pulo. Aguardo, escuto, as batidas repetem-se; as crianças suspendem os sorrisos; entreolhamo-nos.

— Phati, vai abrir a porta, a mamã está doente, diga à pessoa para voltar amanhã.

Phati foi abrir a porta do quintal e uma figura majestosa ergueu-se nos seus olhos: um homem!

— Quem é o senhor? A mamã está doente.

— Sou o teu pai.

— Meu pai?

Os lábios da rapariga abriram-se em ovo para logo a seguir alargar os olhos enormes, rasgados, soltar uma exclamação e gritar:

— João, é o papá!

O João correu ao encontro deles. Três vultos enxergavam-se no escuro. Seis olhos brilhavam como faróis de gatos na noite de chuva. Os três sentiam a mesma hesitação; aproximaram-se; abraçaram-se. Caminharam em passos lentos fazendo uma breve paragem na entrada da barraca. A chuva caía intensamente banhando os três vultos.

— Entrem!

O homem curvou solenemente o seu tronco alto como quem se inclina numa reverência, entrou pela porta baixa da barraca de duas divisões. Sentou-se.

— É o meu pai, mamã?

— Sim, minha filha, é o teu pai.

— Afinal onde esteve todo este tempo, papá?

O candeeiro a petróleo banhava o escuro com a sua luz amarelinha, iluminando os rostos que se procuravam, se descobriam, que se identificavam. Os olhos de Mwando devoravam a pequena Phati, o seu sorriso, os seus gestos, o gesticular dos seus lábios, enquanto os olhos dos meninos se alargavam de alegria e de emoção. Embrulhei-me de novo na manta e desta vez os soluços eram mais audíveis, mas ninguém lhes ligou importância. As crianças bombardeavam o homem estranho com perguntas loucas.

— Papá, fica connosco!

— Sim, João, ficarei se a tua mãe quiser.

— A mãe quer. Fica connosco, papá!

Faz-se um silêncio de morte. Seis olhos convergiram sobre os meus, aguardando a resposta que os lábios se recusavam a pronunciar.

— Meninos, vamos dormir, já é tarde e faz frio. Amanhã teremos que acordar cedo.

Os meninos recolheram ao quarto trajando nos rostos um sorriso novo, e as cabecitas laureadas de fantasias. Mwando sentou-se na borda da minha cama de palha. Estávamos frente a frente para uma nova batalha.

— Sarnau, as crianças precisam de um pai.

E eu preciso de um homem, e deste homem que está aqui ao meu lado. Venceu-me. Atacou-me com a arma que extermina todas as fêmeas do mundo. Colocou-se ao lado dos filhos, fez a guerra e venceu. Viverá comigo. Tenho casa, tenho negócio, tenho dinheiro. Hei de alimentá-lo. Não será fácil para ele arranjar um posto de trabalho nesta terra. Embora vencida, ainda me resta o orgulho, mas orgulho de quê? O orgulho cega-me e destrói-me, preciso de ser feliz, estou vencida e perdida.

O vento sopra lá fora.

A chuva cai em catadupas.

As águas serpenteiam nas ruelas sinuosas.

Todos os animais recolheram aos abrigos e nada resta. Há apenas o silêncio, o frio e os soluços. Enfrentamo-nos no silêncio diluído na eternidade. As lágrimas jorraram novamente.

— Sarnau!

Enterrei o passado. Puxei o candeeiro, soprei, apagou-se. Mergulhámos na escuridão da paz, no silêncio da paz, no esquecimento de todas as coisas, naquela ausência que encerra todas as maravilhas do mundo. A solidão desfez-se. O vento espalha melodia em todo o universo. Continua a chover lá fora.

Glossário

Culunguane: ovação.

Gala-gala: lagarto de cabeça azul.

Macaiaia: babá.

Machamba: campo de cultivo, lavoura.

Mafurreira: árvore frutífera de onde se extrai a semente da mafura, rica em óleo com diversos usos.

Makwayela: tipo de dança.

Mamana: mãe.

Mamba: tipo de cobra.

Mapira: sorgo, ou milho-zaburro.

Matope: lama.

Micaia: tipo de árvore com ramos espinhosos.

Mulala: raiz com que se esfrega os dentes para higienizá-los.

Muzimo: deus.

Nduna: assistente do rei; ministro.

Ngalanga: tipo de dança com batucada.
Nhamussoro: curandeiro.
Pangolim: mamífero com escamas.
Sura: vinho de palma.
Suruma: maconha.
Wanga: poção para detectar feitiços.
Xibalo: trabalho forçado.
Xirico: tipo de pássaro.

1ª EDIÇÃO [2022] 8 reimpressões

ESTA OBRA FOI COMPOSTA PELO ACQUA ESTÚDIO EM MERIDIEN
E IMPRESSA PELA GEOGRÁFICA EM OFSETE SOBRE PAPEL PÓLEN DA
SUZANO S.A. PARA A EDITORA SCHWARCZ EM JUNHO DE 2025